문학과지성 시인선 587

미래는
허밍을 한다

강혜빈 시집

2019 강혜빈

문학과지성사

문학과지성사에서 펴낸 강혜빈의 시집

밤의 팔레트(2020)

문학과지성 시인선 587
미래는 허밍을 한다

초판 1쇄 발행 2023년 7월 1일
초판 2쇄 발행 2023년 8월 9일

지은이 강혜빈
펴낸이 이광호
주간 이근혜
편집 방원경 김필균 이주이 허단 윤소진 유하은
마케팅 이가은 최지애 허황 남미리 맹정현
제작 강병석
펴낸곳 ㈜문학과지성사
등록번호 제1993-000098호
주소 04034 서울 마포구 잔다리로7길 18(서교동 377-20)
전화 02)338-7224
팩스 02)323-4180(편집) 02)338-7221(영업)
대표메일 moonji@moonji.com
저작권 문의 copyright@moonji.com
홈페이지 www.moonji.com

ⓒ 강혜빈, 2023. Printed in Seoul, Korea

ISBN 978-89-320-4186-5 03810

이 책은 서울특별시, 서울문화재단 '2021년 창작집 발간 지원사업'의
지원을 받아 발간되었습니다.

문학과지성 시인선 587

미래는 허밍을 한다

강혜빈

시인의 말

미래는 우리에게 무관심하다

2023년 여름
강혜빈

미래는 허밍을 한다

차례

시인의 말

3부 뉴 노멀

1부
햇빛 생활자

낮의 예고편

잔이 왔다
망이 왔다
잔망이 왔다

키코가 가고
레아몽이 가고

묘비 위의
이름들이 녹는다

말라붙은 눈물
설탕으로 코팅된 사랑

수초와 이도와 디스토피아
파란 피의 시간이 왔다

파파야아보카도바나나애플망고
끈적이는 손바닥의 시간이

죽음에서 돌아왔다

죽음에서
죽음에서

안녕
내가 왔어

먼지와 질서

책을 털자
영수증이 떨어집니다
흰

잉크가 날아간
어제의 소비들
숫자들

모두
집으로 돌아갔어요

무표정한 사서와
테이블에 책을 쌓으며
길어지는 여자들
서가를
기웃거리던 겨울바람도

모두
돌아갔어요

무인 책방에는
먼지와 질서만 남아 있어요

이 책은 료스케의 것입니다
그렇게 씌어져 있거든요

료스케는 삼십대의 어른
얼마 전 이직을 했고
뱅갈 고양이와 함께 사는
주말에는 암벽을 오르다
자신의 무게를 깨닫는
사람일까요

책 속에는 가끔
받는 사람의 이름이 있고
영원히 풀리지 않는
궁금함이 있고
왜인지

무서운 냄새도 있습니다

이것을 시간의 냄새라 한다면

책방에는 얼마나 두꺼운
미결 사건들이
쌓여가는 걸까요

무서울 때는
나의 자랑을 보세요

읽지 않은 메일
999+
검푸른 머리카락과
햇빛이 핥고 간 주근깨
느린 걸음
지나칠 만한 표지판을
자세하게 바라보는 눈
원피스에는 운동화

가끔은 누구의 눈도
피하지 않는
그래요
귀여움 한 스푼

영수증의 글씨들처럼
조용히
사라지고 싶은 날에는
따라 해보세요

따뜻한 샤워와
오로지
나를 위한 수프 한 접시
단단한 쿠키와
어떤 말에도 무너지지 않는
마음을 준비해요

종이에 베인 자국은
지그재그

작은 새가 조금씩 걸음을 옮기듯
가만가만히
마음을 준비해요

무엇이든 사랑해버려요
무엇이든지……

책방에 혼자 남아
료스케를 생각해요

시간의 냄새를 맡으며
눅눅하고
검은
그의 마음 생각해요

료스케는 지금쯤
퇴근길 열차 안에서
미워하는 사람 생각할까요

그 사람의 손가락이
종이에 베였으면 좋겠다
생각할까요

어쩌면 책방에서
마주쳤을지도 모르겠어요

책을 털자

이제는 아무 일도
일어나지 않아요

초록색 지폐 두 장을 들고
서성거려요

잔돈을 거슬러 줄 사람이 없어
네모난 상자에 두고 옵니다

영수증은
바닥에 그대로 있어요

먼지와 질서를
흩뜨리면서요

이 비

혼자서 빗속을 걷는다
비와 함께 걷는다

이 비를 기다렸다

우산 속에서
우산 바깥을 올려다본다

같은 빗방울이 존재하지 않는 세계에서
빗방울은 빗방울의 형상을 한다

비는 내리기 전에도 비였으므로

이런 날, 신지 말아야 할 신발을 신고
묻지 말아야 할 질문을 하고

딱딱해지는 코르크 밑창을 느낀다
투명한 별똥별 떨어진다
물은 솔직하다

긴 비, 둥근 비, 뾰족한 비, 달아나는 비, 가로지르는 비

이 비를 기다렸다

그렇게 말하면,
이 비를 기다려온 것 같다

웅덩이를 피해 가는 발들
모르고 밟은 발들
알면서도 빠지는 발들
모두 다른 모양을 하고 있다

웅덩이는 웅덩이의 몫을 다한다

비 내린다
잘게 내린다

우산을 펼치는 소리

새가 날아오를 때, 푸드덕거리는
날개와 닮았다

지붕이 반만 달린 주차장이 있다
찌그러진 자동차의 보닛
위로 비 내린다

"나는 다시 태어나면 물이 되고 싶어"

그 사람과 천변을 걸었다
그런 말은 나중에 온다

하염없이
씻겨 내려가지 않는 장면이 있다
우산에 가려진 입술들

내 집 앞 쓰레기 배출

분리수거를 하지 않는 마음

때와 장소에 어울리지 않는 마음
정작 버려야 할 것을 외면하는 마음
모두 같은 모양을 하고 있다

혼자서 빗속을 걷는다
비와 함께 걷는다

이 비를 기다렸다

모조 새

파란 풀로 둘러싸인
식당에서
들었던

새소리
새소리
인공적인

언젠가 변기 위에서
배웠던

새소리
물소리
새소리
가까워지는

언젠가 호숫가에서
찾았던

도자기 새.
조용한
도자기 새.

벽 속에 박혀 있다
흰 광택이 흐른다

올빼미와 부엉이의 차이점에 대해
너는 말하고

새의 형상을 한
무염버터를 반으로 가른다

새소리
새소리

윌로뜨.

가본 적 없는 니스의 해변에 대해

너는 말하고

입술을 오므리고
따라 해본다

퀴노아.
월로프.

발음되지 아니하는 사랑
쌓여가는 접시들
사이로
흐르는 소스들

검은 옷을 입은 사람들이
테이블을 치우면

아직인데요.

모래사장을 형상화한

수프를 떠먹으며

너는 느긋해지고 싶다
물맛을 음미하고
뛰지 않는 사람이 되고 싶다

창밖에는

엇갈려
흔들리는 그네

아이의 비명은
웃음과 울음 사이

새소리
새소리
반복 구간

눈꺼풀 위로

부드러운 커튼이 덮인다

지나간 사람의 일은
이야기가 되지 못했다

그대로 지나가세요.

세상에 할 말이 없어
바게트를 찢는다

익선동

수상하고 좋은 날이다

커다란 성벽 따라 걷는다
오늘 새로 태어난 가을처럼
허리를 곧게 펴고

주머니에 손을 넣어본다
한 사람의 주먹이 꼭 들어맞는다

마치
아무런 일도 일어나지 않을 것처럼

홀연 사라지는 간판들
시절보다 먼저 물러나는 중인
어떤 구름들

개개비는 개개개 울고
매미는 맴맴맴 운다는데
나는 무어라고 울까

아날로그 기계가 되고 싶은
디지털 인간은 제법 쓸쓸해 보였다

오늘 같은 날에는 아무나
이름을 불러주었으면 좋겠어

우연히 같은 이름을 가진
주인공이 자리에서 일어설지라도

수상하고 좋은 날이다

오랜만에 만난 사람의 뒷모습에서
느티나무 같은 그늘을 보았다

"그동안 당신이 죽을까 봐 걱정했어요"

한 그루의 나무에서
함께 늙어가는 나뭇잎들은 어쩐지
다정하고 무상하지만

이 좁은 골목 안에는
더 깊은 반성과 비밀과 기다림이 있어

오늘 참 쾌청하지요
공연히 날씨 이야기만 하게 되어도
저절로 믿어지는 사랑이 있다

뒤돌아보지 않고 떠나는 사람과
다만 빈집으로 두는 사람

"아무도 되지 않아도 괜찮아요"

가을에 부는 바람의 이름은
소슬바람

나는 당신의 이름이
류 자로 시작한다는 것을
알고 있다

겨울나기

뚝섬에서 만나기로 한 사람은
만나고 싶은 사람이 되어가

흐려지는 말끝처럼
눈이 내린다

다음 열차는 곧 도착해
다음 희망은 우릴 기다려줄 거고

그러니 서두르지 마

기다리는 자리엔 꽃집이 있거든
뿌옇게 김 서린 유리 벽 너머로
흰 그림자들 일렁이고

겨울의 빛은
물뿌리개를 들고 서성이지

문득

중요한 걸 놓치고 있단 생각이 들어

못 쓰는 침대 깎아
근사한 트리를 만들고 싶어

함께 누울 자리는 부족하고
기념하고 싶은 날은 늘어가지만

무릎을 안으면
둘이 된 것 같아
내일은 재미있는 일이 생길 것 같아

두려움 없이 나리는
마구 태어나고 조용히 사라지는
눈의 일생을 봐

누구도 내쫓지 않고
누구도 찾아오지 않는
안전한 집을 상상해봐

조금씩 발끝이 둔해지고

겨울을 사랑한 적 있거든
그렇지마는
그것도 한때

나무의 종아리가 약동하는
땀 흘리는 산책자들의
여름을 생각해

멀리서 보면
모든 사랑이 그럴듯하잖아

동물의 털을 입고 걸어가는
대도시의 풍경

죽은 목도리를 두르고
예전에 죽은 친구를
저녁으로 먹는

영혼 위로 영혼이 쌓여
점점 더 뚱뚱해져서
털 많은 기계들로 진화하는
대도시의 풍경

다음 열차는 곧 도착해
다음 희망은 우릴 기다려줄 거고

그러니 서두르지 마

집으로 돌아가는 길을
잊어버리고 만대도

문이 열리고
눈보라가 들이쳐

기다림에 지친 털 뭉치들은
도로 위를 펄쩍펄쩍 뛰어다녀

뚝섬에서 만나고 싶은 사람이
만났던 사람이 된다면 좋겠어

도시의 기다림은 짧고 눈부시잖아

그러니까 등 뒤에
따라붙은 눈송이처럼

검은 문

간판 없는 찻집에서
월요일 한낮의 극이 상영되었다

1부는 촛불 타는 냄새와
여름에 마시는 크리스마스 차

두 인물은 나무 평상에 마주 앉아
소원 빌고 손뼉 치고
미래의 서른을 미리 축하했다

유리로 지어진 주전자의 지붕에는
물방울의 형상을 한
미완의 마음들이 매달려 있었다

한 인물이 그을린 초의 심지를 닦을 때
한 인물은 뚜껑을 누르고
맑은 차를 따른다

2부는 아포칼립스의 징후였다

커다란 직사각형의 창문은
또다시

네 개의 직사각형으로 나뉘고
제1사분면과 제4사분면에서는
여름의 나무가 세차게 떨고 있었다

두 인물은 물귀신과 좀비와 슬라임,
세계 이후의 빛에 관해 이야기했고
멀리서
검은 새 떼가 날아갔다

그동안 무대 위에는
광목 커튼 뒤로 숨죽인 주인과
두 인물만이 존재했다

3부에 이르러 한 인물은
비로소 자신이 극 속에 있음을
감각했다

필연적으로

공간의 뒤틀림을 느낀 인물은
어느 틈에 의자를 채운 인물들을
바라보며 웃었다 책상다리를 하고

이미 비워진,
찻잔은 모두 네 개

먹색의, 광택이 없는
안이 보이지 않는 찻잔을
한 인물이 좋아하였고

한 인물은 너무 투명해서
부끄러워지는 찻잔을 좋아했다

내부로 침투하는 나무 그림자는
조금씩 기울고 있었다

책상다리를 한 인물은
한 인물이 앉은 쪽으로
다리를 늘어뜨렸고
한 인물은 그것을 허용했다

찻집은 찻집 위로 겹쳐져
미래의 공간을 빌려 입었다

장면이 전환될 적에 재생되는
인공적인 새소리는
분명한 의도가 있었다

월요일 한낮의 극에는
갈등이 없고
다만 비스듬히 마주 앉은
눈빛이 있었다

한 인물은 이제

저려오는 다리를 접어 앉고
허리를 곧게 편다

그동안 한낮의 열기는 조금 식어 있었고,
두 인물은 미묘하게 은은해진 얼굴로

검은 문을 밀고
찻집을 나선다

희망 없는 산책

흰 문을 밀고
들어섰을 때

일곱 대의 기계가
나란히
반겨주었습니다

왼쪽 눈에
솔방울이 자라났군요

솔방울은 작고
가벼워서
달고 다니기에 좋았는데요

어쩌면
소나무가 되어가는 걸까요

나무보다는 로봇에
가깝다고 생각했는데

로봇은 인간과 비슷한
형태를 가지고
걷기도 하고 말도 하고

사랑도 하고
더한 것도 하는데

눈꺼풀을 덮는
차가운 막대기

4, 7, 5, 3?
8? 물고기 오른쪽
미안합니다

빨간 지붕의 집과
초록색 × 표시를
멍하니 바라보다가

번쩍 나타나는
커다랗고 투명한
스노볼

흔들기 직전의 상태
흔들기 직전의……

뒤에는 무엇이 있습니까
뒤로
더 뒤로 가야 합니까

잃어버린 속눈썹들
녹지 않는 눈
소복이
거기 쌓였습니까

알고리즘을 벗어난 부품처럼
움직이는

나는 소년이 아닙니다
그렇다고
소녀도 아니고
노인도 아닌

펭귄도
레몬도 아닌
선인장도
달팽이도 아닌

애매모호한 얼굴로

문을 나섰습니다
솔방울도 함께입니다

전진
전진

발바닥에서 느껴지는

진동이 좋아

뛰어가는
개의 뒤꿈치는 건강하고요

행인은 대파를 이고 지나가네요
신호등이 켜집니다

스튜디오의
네온사인에는 반짝이는 글씨

「영정 사진 촬영 가능」

오늘은 이릅니까
오늘은 말끔하지도 않고

함께 무단횡단을 하는 사람에게
청혼해보는 것도 좋겠습니다

뭉툭한 발끝과
어두워지는 하늘

밤의 산책로를
낮에 다시 걸었을 때
모든 풍경이 재배치되었습니다

앞으로 나아갈 때마다 불거지는
허벅지 근육을 만져봅니다

소나무처럼
우뚝

눈알 속에서 부유하는
여름의 빛

불 꺼진 집들

장미마을
매매가 7억

플라타너스 우거진 골목 걸으며
남의 집 창문을 세어보았다

왜 불을 켠 집이 없지?
대낮이라 그런 거 아닐까

아니면 사실 모두 빈집일까
아니야 사람들이 돌아다녀

나는 보지 못했지만

커튼이 살짝 흔들린다
숨은그림찾기처럼

비가 오려고 하나 보다
그러나 끝내 비는 내리지 않았고

이마에 조금씩 땀이 맺혔지

낡고 낮은 아파트다
네모에 둘러싸인 어떤 공원

어쩌다 보니
모르는 단지를 걷고 있었다

우리보다 더 높고 커다란
돌탑이 세 개
우뚝
세 가족 같은

벤치 옆으로
호박이 자라고 있었다

꽃 같은 게 노랗게 피었네
전화선처럼 동그랗게 말린 가지들

너는 계속 신기해 신기해 그랬다
나도 신기하다 신기하다 그랬지

우리 집은 여기서부터 멀고
너무 멀어서
처음부터 없는 것처럼 느껴졌다

돌아가는 길은 끝나지 않고

날이 나빠서 로또를 샀다
수동 2천 원 자동 3천 원

돈 생기면 뭐부터 하고 싶어?
놀라지 않는 연습을 할 거야
그리고……

「고양이를 찾습니다」

이마에 검은 십자 무늬가 있고

꼬리가 안으로 굽은 아이

전단지 귀퉁이에는
양손으로 얼굴을 가린
사람 그림이 있다

손바닥 안의 표정은
보지 않아도 알 것 같아

그런데
호박은 원래 바닥에서 열리지 않나?

궁금했지만 찾아보지 않았다

참외주스가 있는 테이블

어느 오후를 상정해본다
빛이 넓고 수북한

여자는 몸을 말리기 위해
여름의 바깥으로 나설 것이다

반짝이는 물을 뚝뚝 흘리며
혼자 되기를 연습할 것이다

참외주스 파는 가게에 들어서며
눈만 내놓은 사람들을 힐긋거리며
마스크 속에서 입술을 내밀 것이다

참외주스라니······

아삭아삭 씹히는 의아함
대나무 빨대의 믿음직스러움
너무 짜고 달고 쓴
시행착오의 맛 때문에

비로소
누군가의 온기를 느끼기도 할 것이다

통유리 바깥으로 은빛 트럭이 지나간다
철 지난 브라키오사우루스가

시간이 약간만 뒤틀려 여자는
앉아 있던 여자와 다른 여자가 된다
황홀하게

한 번 두 번 세 번
얼음을 더 넣어주는 마음

「이 정도면 괜찮아요?」
「이 정도는 괜찮아요」

인간이 느끼는 감정의 종류를 검색해보고
오늘의 마음에 이름을 붙여줄 것이다

참외 한 개를 케이크처럼 쪼개서
모두에게 나누어 주고 나면,
시원한 물이 줄줄 흐르는
느낌의 지도가 완성될 테지만

여자는 정성스레 사랑을 길렀다가
말려 죽인 적이 있어서

참외의 맛을 안다고 말할 수 없고
참외의 맛을 믿는다고 말할 수 있어서

외돌토리라니⋯⋯

별안간 팔뚝에 오소소 돋는 소름처럼
별안간 믿어지는 일들이 있을 것이다

미래의 참외주스는 만들어지지 않을 테지만

여자는 몰라보게
바삭해져서 돌아갈 것이다

폴의 생활

폴은 해 뜨기를 기다린다
잠들지 않고

메트로놈처럼
일정한 소리를 내는
탁상시계

시계는 무광을 띠고
은색이며
그를 떠나지 않는다

둘은 늘 함께다

폴은 양파를 잘 썰고
벌레를 무서워하며
한국인이다

지난달, 사랑니를 뽑기 위해
수면 마취를 결심한

폴은 걷는다
성실한 산책자의 자세로

걷는 행위에는 목적이 없고
단지 걷는 감각만이 필요하다고

폴은 생각한다

운동화 안에서
작은 돌멩이 한 알이 굴러다니는 것을
알아챘을 때

폴은 느낀다
살아 있는 사람이 되어가고 있다고

그것은 이해가 아니라
나뭇잎의 떨림처럼
그저 맞이하는 것

폴은 잔디밭을 밟으면서
문득
가족의 의미가 궁금해진다

오래 사랑한 사람은
사랑했던 사람이 되었지만

바람은 좋고

풀들은 개별적으로 누워 있다
일정한 거리를 두고

신발 속
돌멩이 한 알은
그대로 있다

폴은 기울어진 벤치에 앉아
문득

돌아가고 싶은 장면을 떠올린다

돌아와
경건한 마음으로 순두부를 끓인다

순두부가 보글보글
끓기까지는
그리 오래 걸리지 않는다

무광을 띠고
가끔 멈추기도 하며
그를 떠날 수 없는
시계는 그대로 있다

맛있는 밥이 완성되었습니다

따뜻하고 부드러운 것이
입안을 가득 채울 때

절대로
돌아가고 싶지 않은
장면을 떠올린다

운동화를 거꾸로 들고
돌멩이가 나올 때까지
털어낸다

한참 동안
그렇게 한다

바람은 좋고

어항 속에는
물과 돌멩이뿐이다

재구성

시골길 험한 길
콩밭 배추밭 지나

사다리 놓인 문 앞에 다다랐다
높은 집이었다

얼어붙은 풀들이
발목을 찔렀다

나무를 타고
한참인가를
기어서 올라갔다

마사코가
방 안에 앉아 있었다

죽은 줄로 알았던
마사코가

비스듬히
단감을 깎고 있었다

어쩐 일인지
쪽 진 머리가 희었다

눈이 부실 만큼
희었다

마사코, 부르자
실내가 좁아졌다

찬장이 흔들리고
액자가 깨지고

쪼그라든 단감이
굴러왔다

마사코는 서둘러

채비를 했다

무덤 보러
무덤엘 간다고

혼자서
반드시 혼자서 간다고

털모자와 헝겊 장갑
버선과 고무신

잊지 않고
웃지도 울지도 않고

어느 때보다도
산뜻해 보였다

손차양을 하고
멀리

내다보자

호박색 하늘에는
성성한 구름이 가득했다

종말에 다다른 것처럼
대단히 아름다웠다

금방 외투만 챙겨
돌아왔을 때

마사코는 없고

칠이 벗겨진
사다리만 휘청거리었다

숙아, 하고 부르면

그것이 내 이름인가
갸웃거리는 사람이 있습니다

그 사람과 한집에 삽니다

스탠드칼라에 쇠 단추를 단
호텔리어의 세계에서
숙이는 벨보이를 사랑했습니다

두 뺨은 눈처럼 하얗고
눈썹이 흑단처럼 짙은
아름다운 청년이군요

벨보이는 숙이밖에 모르고
숙이는 벨보이밖에 몰라서

흰 딸 하나 검은 아들 하나
토끼와 고양이와 강아지
붕어 세 마리와 곰팡이

함께 싸우며 사랑하며
오랫동안 잘 살았다는 이야기

그러나 아름다웠던 청년은
조금씩 시들어가고

숙아
숙아

부르튼 장면 속에서
누군가 자꾸만 부르는데요

해피엔드란 자고로
끝내 잘 살지 못한 이야기

숙이는 오른쪽 볼의
갈매기 모양 흉터를 매만집니다

시간을 거꾸로 되돌릴 수 있다면

숙이는 대학엘 가고
존경받는 선생님이 되어서
가지지 않아도 될 직업을
평생 가지지 않으면서

가끔은 웃자란 화초에 물을 주며
마당을 바라보고 멀찍이 앉아
새로운 취미를 가져볼까,
고민했을 테지만

시간은 거꾸로 되돌릴 수 없고

숙아, 하고 부르면
이제는 뒤돌아보지 않는
그 사람과 한집입니다

오늘의 숙이는 숙이겠지만

내일은 숙이가 아니겠지요

숙이는 아무것도 모르는 아이처럼
다만 웃습니다

잘 모르는 호두

친구와 호두파이를 나누어 먹는다

나무 의자는 딱딱하다
삐걱거리는 소리가 난다

친구는 사실 호두보다는
피칸을 더 좋아하고

호두는 나의 이름이다

잘 모르는 호두에 대해
설명해준 것은 다름 아닌
친구였다

호두는 횡단보도의 흰 부분만을 밟으며
침대에서 일어나야 할 때는
속으로 스물둘을 세는 습관이 있다고

종종 비건 되기에

바뀐 밤낮을 되돌리기에
한 발로 중심 잡기에
사랑을 숨기는 데에 실패한다고

사실은 호두의 자세가 아니라
세계가 태어난 것이 문제 아닐까

친구는 어느새 다른 표정을 한다

눈썹이 구겨지고
입술이 구겨지고

흠
하는 소리를 낸다

친구는 불편해 보인다

모르고 혀를 씹었는지
어젯밤 읽은 괴담을 떠올렸는지

호두의 떫은맛을 느꼈는지

알 수 없지만

친구는 문득
호두파이의 완벽함이
더없이 부럽다고 말한다

호두는 알고 싶지 않지만
고개를 조금 끄덕인다

완전한 조각보다는
부스러기를 주워 먹는 편이
더 재미있는데

접시에 손이 닿지 않아서
몸을 앞으로 푹 숙인다

포크는 이미 두 개나 있다

포크는 이미 날카롭고

너무 오래 앉아 있었다는 생각

친구는 침 묻은 호두를
냅킨 위에
가지런히 올려놓았다

뉴스에서는
오늘의 감염자 수를 발표한다

숫자는 명징하고
눈에 보이지 않는다

누군가 멀리서 기침을 하고

우리는 계속
호두파이를 나누어 먹는다

다가오는 점심

여자는 오후 12시가 되면
언제나 혼자서 이곳에 온다

메밀국수 한 그릇 주문하고
대부분 벽을 응시한다

벽 속에서
아는 사람의 글씨체를 보았다고

어느 날에는 중얼거린다

미래의 언어를 쓴다는 그 사람은
자신의 시대가 아직 오지 않음을 슬퍼하며
먼 곳으로 떠났다는데

「어서 오십시오
시간이 거꾸로 흐르는 식당입니다」

발들이 문을 열 때마다

짤랑이는 종소리

여자는 언제나 나무젓가락을
반듯하게 쪼개는 일에 실패했다

어릴 적, 목구멍에 걸린 생선 가시를
핀셋으로 뽑아낸 적이 있다고 했다
적막이 흐르는 공간을
금세 웅성거리게 만드는 법을 안다고 했다

언제나 혼자였던 사람
반드시 혼자서 알고 있는 사람

물컵을
두 손으로 떠받치고 있으면,
흐릿한 신호가 느껴진다고

시간과 공간의 테두리를 벗어난
차가운 면발을 집어 올리며

여자는 말한다

눈 밑에는
한 호흡에 그린 것처럼 정확한
점 하나

도시의 소리에는 규칙이 있고
물고기가 달려 나가고
자전거가 헤엄치는 광장이 있고

말하는 사람의 의중을 파악하는 일은
물맛의 차이점을 느끼는 일과 비슷해서

점심이라는,
어떤 장르를 만드는 일과 같아서

그러나 여자에게
가벼운 친밀감을 느끼기 시작할 때
오늘 분의 점심시간은 끝이 나고

사람들은 문득 잠에서 깨어난 것처럼
서둘러 바깥으로 나선다

아무것도 없어야만
존재할 수 있는 허공처럼
이곳은 이곳에 있다는 사실만이
이곳을 있게 해서

이곳은 있으면서 없다

나는 묵묵히 메밀을 씻는다
남겨진 벽이 새하얗다

망고와 성실

성실은 이름표 붙이는 일을 합니다

성실은 개조된 아침형 인간
간헐적 단식 인간
바코드가 지워진 장녀입니다

가장 좋아하는 음식은
오이 빠진 김밥이고요
겨울에도 찬 커피만 마셔요

정보가 기록된 스티커는
물건의 뒤로 갑니다

복숭아 통조림 뒤로
구둣주걱 뒤로
물티슈 뒤로

바코드는 세계의 비밀을 담고 있어요
0과 1이 아닌

숨겨진 이름을

코너를 돌다
복사기에서 튀어나온 천사와
부딪혔을 때

하얗고 따끈한
잉크 냄새가 났죠

성실은 계약직 천사에게
선택받은 겁니다

번쩍거리는 인간의 형상
사실은 개에 가까운
막 태어난 어리둥절한……

성실은 천사에게
망고라는 이름표를 붙여줍니다

과일 이름으로 부르면
조금 더 오래 살 수 있대요

천사는 이름표 떼는 일을 합니다

구겨진 이름 찢어진 이름
잘못 인쇄된 이름들
아직 늦지 않았어요

천사는 오이비누를 씁니다
영원히 산책하고 싶고요
꼬리로 대신 웃습니다
혼자 남겨지면 몸이 투명해져요

사람들은 마트의 코너를 돌면서
물건의 뒷면을 확인합니다

뒤로
더 뒤로 가서

시간의 등을 돌리면
모르는 이름 하나가 툭,
떨어집니다

아직 가지지 못한
누군가의 이름입니다

시향기

봄의 백화점은 향기로워요

손님들이 에스컬레이터에 오릅니다
물건처럼

포마드를 바른 직원들
품에 안긴 개들

시향해보세요

검은 종이에는
야생 이끼와 제라늄이

비 맞은 라일락의 걸음이
일랑일랑 멀어지고

잠깐 숲에 다녀올게요

숲에서 요정들을 만나고

이끼에 코를 박고
맛있게 잠드는 동안

당신은 아무런 향도 맡을 수 없었죠
검은 종이는 검은 종이일 뿐

「기억과 냄새는 밀접하게 연결되어 있어
냄새와 관련된 기억을 떠올리는 연습은
후각 회복에 큰 도움을 줄 수 있습니다」

바이러스가 기억을 빌려 갔을 때
기억하나요

어릴 적 쓰던 포도 맛 치약
납작한 곰 인형
겨울 아침의 선명한 바람
엄마의 품까지 말이에요

기억이 없다면

나는 잠시 죽은 사람

손님들은 취향을 전시하고 있습니다
나르시시즘의 형태로

더 이상한 냄새를……
오로지 나만의 것을
기억 속에서 끄집어내고요

담배 연기와 소독약
더운 나라의 야시장과
24색 크레파스

우디 스파이시 그리너리
프루티 시트러스 파우더리……

살아 있는 인간에게 어울리지 않는 향이
누군가에게는 감미로워서

호그와트의 모자처럼
향기가 우리를 선택합니다

당신이 좋아하는 건
나로서는 알 수 없는 나의
살냄새밖에 없지만

상어는 올림픽 규격의 수영장에
피 한 방울만 섞여도
느낌으로 알 수 있고

개들은 무너진 건물 아래에서
구조 신호를 찾아냅니다

인간의 코는 금세 피로해져요
동시에 다른 냄새를 사귈 수 없으니까요

봄을 뒤집어쓰고
도시의 정류장에 서 있어요

월요일 낮에 쉬는 사람들
이렇게나 많고
다들 느리게 걷고
저마다 쇼핑백을 들고 있어요

파란불이 켜집니다
어쩌면 초록 불일까요

우리는 다른 풍경을 보고 있죠
그래도
잡은 손은 따뜻하고요

빈손으로
횡단보도를 건너요

멀리서 회색 벚나무
흔들리고

당신에게서 아직 오지 않은
여름 냄새가 나네요

여름의 형식

그녀는 산 채로 발견되었다 방의 입구에는 오후 3시가 토막토막 누워 있다 그녀는 손차양을 하고 창밖을 본다 3시에 만나기로 한 사람은 다시 만날 수 없어서 아무도 만나지 않기로 한다 혼자 사는 사람에게는 문을 밀고 들어올 사람이 없고 잠에서 막 깨어난 집은 고요하다

문을 열자 재가 흩날린다 조금씩 오후의 이음새가 헐거워진다 벌레 한 마리 뒤에는 백 마리가 있다고 믿는 그녀는 모기향을 좋아해서 여름을 좋아하고 평생 자기도 모르게 삼키는 벌레가 몇 마리나 될까 궁금해지고 신비로운 여름의 색깔은 말라카이트그린 상록수를 닮은 말라카이트그린 여름의 나선형 구조는 스스로를 태우면서 보호하기에 알맞다

간밤 모기의 날개는 되풀이되었다 불을 켜면 모기는 없고 모기의 환상만이 남아 있다 귓등에 짧게 속삭이는 목소리는 다정했으나 반복에는 의도가 있다고 믿는 그녀는 수신호처럼 불을 껐다 켰다 껐다 켰다 알 수 없는 부위가 간지러울 때마다 온몸을 더듬느라 잠시만 외롭지 않았다

그녀의 집은 언제나 남의 집이었으므로 비 오는 날에
는 비를 맞고 눈 오는 날에는 눈을 맞고 가끔은 현수막을
뒤집어썼다 집주인은 7층에 산다 피아노 연주자는 5층
에 살고 3층에는 신혼부부가 산다 그녀는 위층에서 나는
소리를 듣는다 주인은 커다란 개와 함께 산다 연주자는
미뉴에트의 박자를 모른다 부부는 지난달 시루떡을 들고
방문했으며 엘리베이터는 자주 고장 난다 그녀는 듣는
다, 위층에서 나는 소리를

벽은 벽의 자아를 가지고 문은 문을 출력하고 집은 여
름의 형식을 빌려 쓴다 오후 3시의 증거는 말끔히 처리
되었다 이따금 벽 속에서 나뭇가지가 끊어진다 비 온 뒤
건물은 늘었다 줄면서 뼈마디를 맞춘다 누군가 서둘러
계단을 내려오는 소리에 그녀는 모기향을 새로 피운다

사과의 분위기

기분이 꼭 사과 같네요
말하는 N에게
사과는 하나의 비유에 불과했다

사과는 그냥 사과다
사과 같은 건 아무래도 가짜 기분이다
대답하는 S가 있고

그는 아까부터
N의 스웨터에 묻은 밥풀이 거슬린다

밥풀은 너무 말랑말랑하고 희고
딱 한 개만 붙어 있다

S는 사과라면 빨강과 아삭거림
사과의 논리성과
사과의 형식이 전부

과거의 슬픔은 과거의 것

현재는 먹으면 싸는
단순한 구조

밥풀을 바라보면서
밥풀 생각만 하는
S는 디테일주의자다

반드시 사과가 아니면 안 돼요
베이킹파우더로 깨끗이 닦은
파괴되지 않는 사랑과
뉴턴의 화살
아름다운 공주를 감시하는 노파와
점점 시간에 그을리는
생의 착잡함을 깨닫는
바나나가 아닌
파프리카도 아닌
미래의 사과만 가능해요

꺾이지 않는 마음이 있고

N은 지구본을 돌리며
잘 익은 세계를
반으로 잘라 먹는 상상을 하면서
동시에
바람 빠진 농구공과
회전을 멈추지 않는 동전과
통밀쿠키와
맨홀 뚜껑과
세상의 모든 동그라미에 대한
데이터를 불러오기 시작했다

동그라미만 존재하는 세계에서
사과는 가장 보편적인
과일이 될 수 있었는데

다가올 사과의 종말과
대체 과일에 대한 전망을 그려보는

내용 없는 사과를 상상할 수 없는
N은 직관주의자다

그는 지구본을 돌리며
사과의 심연을 보고 있다

너무나 깊고 어두운
씨앗으로부터 시작된
사과의 튜토리얼은
고독사와 과로사 중에
선택하는 결말로 마무리되고
인류애가 바닥난 사과는
사랑을 포기했고
복무를 포기했고
번식을 포기했고
불량품으로 분류되었다

그저 잘리거나 갈리거나
몸에서 나쁜 냄새가

풍기는 날이 오기를 기다릴 뿐

사과 같다는 말은
사과의 본질이 아닌데
사과에 가까워질 수 있을까

S는 배가 고팠고
N은 여전히 기분이 사과 같았지만
무언가……

달라진 기분이 들었다

사과는 왜 사과인가
대답할 수 없는 질문이 있고

가끔 질문은 무의미한 기호

밥풀은 다 말랐다
스웨터에 엉겨 붙은 채로

나는 달콤하지도 빨갛지도 않다고
중얼거리는 사람이 있다면

그들은 그저 사과의 분위기 같은 것을……
나누고 있는 것일 텐데

내가 아는 연희

도서관은 고요하고
아무런 일도 일어나지 않을 것 같다

사람들의 머리는 파티션에
검은 달처럼 걸려 있다

형광등 불빛은 마음을 피로하게 하고
75번 자리에는 시 쓰는 사람이

무성한 머리카락 때문에
스크런치가 헐겁다

지식백과에 '연희'를 검색해본다

내가 모르는 연희는
생몰년을 알 수 없고
권두에는 칸트의 초상이 실린 잡지

숙녀도 신사도 아닌

배우가 콧수염 분장을 하고
죽었다가 다시
살아나는 장소

서울특별시 서대문구에 솟은
산의 이름

노란 카스텔라 덩어리가 놓인
양과자점

프랑스어로는 jeu
작은 입술을 오므리고
[3Ø]
읽는다

사전 속의 연희는
묘목을 촘촘히 심고
달력을 짝짝 찢고
새로 산 냄비를 닦고

좋아하는 언니에게 줄
드림캐처를 고르고

왼손으로 아기를 씻기고
오른손으로는 연필을 깎고

콩밭을 일구고
정성껏
그루밍을 한다

위스키 잔의 네모난 얼음을
달그락거리며

민달팽이처럼
둥근 눈을 숨기기도……

그러나
내가 아는 연희

선물 포장 전문가
호랑이막걸리 애호가

폭설 속에서도 길을 발견하는
봄에 태어난 겨울 아가씨

그림책과 타투와 굿즈를 모으는
SF영화광

곤약과 버섯처럼
말캉하고 단단한 마음의 소유자
혹은 초록색 고양이 신사
2단 옆차기를 하는

서스펜더와 베스트 차림으로
옆집 에밀리와 손잡고
들판을 뛰어다니는

디스토피아의
내가 아는 연희

옆자리는 어느새 다른 사람
75번 자리에는 철학서 몇 권이

팔을 걷어붙이고
시 이야기는 도무지
하고 싶지 않아

도서관은 정숙하고
페이지 넘기는 소리만 나고

번호표 뽑고 기다리는
술래잡기 게임이 끝나간다

그러나
내가 아는 연희

빈자리에 앉아 있고

혼자서만 초록
알록달록하고

오야소의 기쁨

이른 저녁
신작로를 걸었군요

보이지 않는 매미들로 가득한
어두운, 어두운

이 도시에는 살아 있는 나무가 많군요
아파트는 껌 종이처럼 빛나고
주민들의 늙음이 보장되어 있군요

「자전거
 천천히」

반대로 걸었을 뿐인데
가상 세계에 들어온 것처럼
얼굴들의 빛이 미묘하게 달라 보입니다

펜스 안의 헐렁한 바지들
그야 집 앞에 나오는 것이니까요

찌르르르르 *끄르르르르*
끄르르르르 찌르르르르

어릴 적 처음으로
컴퓨터의 동그란 전원 버튼을 눌렀을 때
들었던 기계음을 기억합니다

고양이의 퍼링♦처럼
다정한 진동을

지구가 망할 때까지
친구 하기로 한 날
창밖에서 무너지던 건물 소리를

잠시 멈추어 서서
둘도 없는 여름으로 로그인
어두운, 어두운

공사장의 규칙적인 소음은
컴퓨터의 언어와 닮았습니다

매미는 슬프지 않아요
차라리 전깃줄이 우는군요

「*주의!*
광케이블 매설 지역」

다리 위에 서서
정수리들을 내려다봅니다

초록 불이 켜지는 순간
길이 끝장났군요

탄천 물은 물감 통의
더러워진 암녹색

커다랗고 둔중한

버스가 지나갈 때마다
다리에 진동이 느껴집니다

다리가 흔들립니다

식은땀을 흘리며 다리를 건넜군요
괜찮아, 그냥 다리인데요

이른 저녁
신작로를 걷고
새로운 사람이 되어보았군요

모든 것이 가능하군요

✦ Purring. 고양이가 내는 25~150헤르츠 사이의 낮은 진동 소리.

2부
비물질 실험
─ 사랑 발명가

미래는 허밍을 한다

빛의 벙커로 내려간다

기계들이 기다리는
잠들 줄 모르는 백야 속으로

강가에
배나무 흔들리는

그대의 집
그리운 산책로

배꽃이 피었겠지

도둑도 경찰도 없는
유령 도시의 안전한 밤

어린 별들만이 수런거린다

걸으며

뒤돌아보겠지

차가운 밀실 안에서
인류를 구하겠지

세상은 타버린 베이글 같아
발보다 작아진 구두 같아

늙지 않는 시계
건전지들의 서바이벌 게임 같아

지상의 나는
너에게 노래를 줄게

벌들의 윙윙거림
바람이 사각거리는 소리

앰비언트 음악과 닮은
최소한의 내일을

여름의 싱그러운 무릎을 줄게

돌아올 집을
수플레케이크의 환대를

20미터 아래에서는
아포칼립스의 시나리오를 준비해

기계들의 웃음소리가
벽에 부딪힐 때

빗소리보다
작은 노래를 줄게

돌멩이의 닫힌 결말을

사랑을 기념하는 세리머니를

빛의 벙커로 손을 내밀고
미래를 구할게

강가에
배나무 흔들리는

그대의 집
그리운 산책로

배꽃이 떨어졌겠지

지상의 나는
허밍을 멈추지 않을게

그대의 빈집이 될게

녹음

제로콜라와 백 퍼센트 오렌지주스
기대보다 건강한 맛의
검은 사진집과 그래픽노블

너는 얼음을 씹어 먹으며
페이지를 넘긴다
피가 부족한 사람처럼 부지런히

"나는 적혈구가 너무 많대"

멈춘 페이지에는
중절모 숙녀와 판탈롱 신사가
정면을 응시하고 있다

입을 네모나게 벌리고 우는
아이의 사진으로부터
페이지는 되감기된다

손등에는 푸른 나뭇가지.

누구에게도 나누어 주지 못하는 피를 가진 우리는
머리를 맞대고
백발이 된 미래를 상상한다

여름에 만나서 사랑한 우리는
적극적으로 견딘다 여름의 우리를,
깍지 낀 손안에서 찰랑이는 호수

찰랑이는, 찰랑이는,
금붕어의 지느러미.
물풀과 반짝이는, 반짝이는,
두려움의 냄새……

여름의 연인은
여름에만 무성하고
여름에만 만나질 수 있어서

햇빛 아래 눈사람처럼 우리는
녹아내리며 서로를 응시하고 있다

다 읽은 책은 제자리에
다 쓴 마음은
젖었다 마른 종이처럼
물 자국이 남아서

"죽어도 작년 여름으로 돌아갈 수 없어"

견딘다, 여름의 나무는
아무도 보지 않는 층계참에 서서

땀 흘리는 두 사람이
마스크를 반만 벗고
입 맞추는 장면을,
나무는 기록한다
떨며, 떨며 자신의 잎 위에

서점은 나무들의 날숨으로 가득해
금방이라도 터질 것처럼
가득해.

눈사람을 보면 이상해

눈사람 머리 걷어차는 사람은
더 이상해

눈사람 만드는 건
사람밖에 없고

겨울은 멀고
사랑은 이르다

겨울이 겨울다울 수 있는 건
함께 있지 않아서야

굴러가는 머리 보면서 웃는 사람은
아무래도 이상해

무척 동그랗기 때문에
잘 구를 수밖에요

너는 단 하나의 옳음

진창 같은 세계 속
가장 깨끗한 부분일 텐데

그러니까 부서지지 않는
무구한 눈 덩어리야

굴러라
굴러라
계속 굴러라

아무도 밟지 않은
조용한 마음이
캄캄해지지 않도록

눈사람 만드는 사람은
조금만 외로운 사람

찬 골목에 엉거주춤 서 있을래
처음부터 거기 있던 것처럼

가만히 있으면 착한 사람
착한 사람은 눈사람이래

눈물을 줄줄 흘리면서
그렇게 재미있게
햇빛처럼 헤어지는 연인들

내가 만든 눈사람은 사실
서울 사람이고
서울 사람은

빌려 입은 티셔츠 돌려주지 못한 사람
웃는 얼굴만 안심되는 사람
내가 좋아할 사람 아닌 사람

기록적인 폭설이라고 써볼까
오늘 같은 날 눈사람 만들까
서울 사람은

언젠가 잠실나루 따라 걸으며
저 혼자 물빛을 뒤집어쓰던
투명한 손가락이 조금씩 바스라지던

마음은
물기가 있어야 잘 뭉칠 텐데

폭설이라는 단어보다 더
무시무시함 없을까
이를테면 기다려, 그런 거

저 멀리
눈사람 머리 걷어차는 사람
또 있고

그런 사람은
먼 미래에도 생긴대

사람보다 더 사람 같은 걸 만들다가
너무 사람 같으면 던져버린대

정중한 사람은
이별도 정중하게 시도할까 봐

눈사람인지 사람인지
구별할 수 없는 단계에 이르면
역시 좋아해

나라도 좋아해?

서울 사람은 반짝이는 강을 건너서
왜 다시 돌아오지 않아서

눈사람 녹으면 슬퍼하는 사람은
이제부터 외로운 사람

눈 덮인 골목을 지나

텅 빈 철로를 지나
축축한 숲을 지나
세계 끝의 끝까지 굴러간 머리는

돌아온다
돌아오지 않는다

마지막으로 완성된 눈사람
하나만 보고 싶었는데

안녕, 그래서 어떤 쪽인지
궁금해

열과 裂果

네가 죽었다는 소식을 들었다

보라색 에코백을 메고
숲으로 간다

너무 넓은
물이 쏟아지는 여름

두 손을 등 뒤로
숨기고 걷는다

너는 환하게 시든
리시안셔스를 건넨다

변치 않는 사랑이래

손톱에는 희미한 멍
머리카락에서 떨어지는 물
블루베리잼 향기

연둣빛 물을 보았다
사실은 투명한 색일 테지만

그런 사랑은 있을 수 있다

나란히 양산 쓰고 걷는다
마치 어느 날에도 그랬던 것처럼

조그만 양산의 울타리에서
삐져나가지 않으려고
미세하게 각도를 조절한다

광장은 너무 넓고
햇빛을 피할 곳이 없다

순순히 여름의 피사체가 된다
풀밭에 누워
기어가는 벌레에게 인사하고

셔터가 눌릴 때마다
새로운 얼굴이 되어보았다

너는 몇 번이나
흰 주먹을 꼭 쥐었다 편다

은색 카메라에
반사되는 빛

호숫가에는 아무도 없고
물은 썩은 푸딩처럼 가만하다

너는 불붙인 위스키를 좋아했다
블랑쇼를
어깨에 닿는 단발머리를

너는 슬플 때마다 아무나
사랑했다

카메라를 바구니처럼 들고
사랑을 채집했다

변치 않는
리시안셔스, 리시안셔스……

우리는 함께 돌아간다
역시 양산을 썼다

가볍고 맑은
보라색 에코백

이 가방은 네가 준 것이다

대공원

나무가 목매어 죽는
꿈을 꾸었다

그건 꼭 너를 닮아서

밑동을 안고
힘껏 끌어내렸다

나뭇가지가 끊어지고
차가운 물이
머리 위로 쏟아졌다

한 나무에서 다음 나무에로
초록을 옮기는 한낮

식물원은 문을 닫았고
조금씩 빗방울이 떨어졌다

그래도 숲을 걸었다

자귀나무
석류나무
유카리나무……

우리가 만지는 곳마다
이끼가 번졌다

새는 새의 말을 하고
돌은 돌의 말을 하고
사람은 사람의 말을 하고

썩은 나뭇잎이
난간을 넘어 자란다

"동시에 두 나무를
사랑할 수는 없어"

너의 목덜미에서

날벌레가 죽는다

나는 손등으로 쓸어
검정을 보내준다

불시착한 공을 걷어차듯
후련하게

너는 무언가를 예감한 듯
하늘을 올려다본다

사라지는 건 자연스러워요
목소리가 리듬을 연출한다

너는 가끔 사라져서
일요일 저녁에 나타났다

가끔 이름 모를
열매를 건네기도 했다

먹을 수도
버릴 수도 없는

빨갛고 둥근 마음

공원에서 배회 중인
두 사람을 찾습니다

우리는 함께 걷는 동안
집으로 가는 길을 잊어버린다

프랑스 사람 수잔

민트색 여름 한가운데
수잔은 앉아 있었죠

— *Vous êtes venu seul?*
혼자 오셨어요?

다만 퐁네프다리 위에서
검은 물 바라보기

내추럴 와인과 검어지는 입술
우리는 [nu]라고 읽습니다

수잔은 평생 가져본 직업과
멀리 사는 가족 이야기를 합니다

잇새로 사라지는 R 발음
한 가지 문장을 연습해요

── *La fille regarde la fleur.*
소녀가 꽃을 보고 있다

나는 일주일 뒤에 떠납니다
택시 기사와 싸웠어요
수영할 줄 몰라요
사랑하는 사람과 다시 온다면요

수잔의 목덜미에서 나던
바질 냄새

저 아래
5백 살 먹은 버드나무와
눈이 마주치고 말았어요

아름다운 버드
나무……

썩은 줄기는 오히려
캄캄할 때 빛나죠

가만히 있지도
애쓰지도 않는 날씨처럼

끊임없이 멀어졌다
가까워지기를 반복하는 푸가처럼

나무는 인간들을 불러 모아
강에 빠뜨리곤 했다는데

자동차 열쇠와 병뚜껑
색색의 동전
혹시 모를 나이프까지

밤이면 밤마다
작고 단단한 물건들을

가리지 않고 삼킨다는데

그런 나무 뒤에서
볼일 보는 수잔
휘파람을 불어주고요

센강에 우리를 두고 왔어요
백업되지 않은 기억도요

몰라보게
프랑스 패치된 나를
대신 데려왔어요

울고 웃으면서
바라본 풍경들은 두껍고 아름다웠죠

낮의 나무는 초라하고
낮의 거리는 부자연스러운

간접광고처럼

재생되고

민트색 여름 한가운데

수잔은 있었는데요

기억나는 건

소녀가 꽃을 보고 있습니다

소녀가 꽃을⋯⋯

바질이 아니라

무화과였군요

딩동댕 지난여름[*]

긴 이야기가 필요했어요
딩동댕 지난여름

펭귄과 북극곰
네모난 발가락
그보다
우리를 달리 설명할 수 있겠어요

재와 연기
갱지와 홀로그램
익어가는 감자와
고구마의 타닥거림

믿음직스러운
흰 나무와 검은 돌
고딕과 이탤릭
차가운 인간과 따뜻한 기계

장대비처럼 내리는 사랑

나 기다렸어요

햇빛의 눈을 피하지 않는
젊은 사랑을요

잠 속의 잠
액자 속의 액자
뒤척임 속의 뒤척임

하나 마나 한 이야기를요
하고 싶어요 딩동댕
지난여름

꿈에서 꿈을 설명해요
맛있는 악몽을 꾸었다고요

불타는 집에서
문짝도 소파도 검어져요
나 혼자서 창백해요

꿈인 걸 알아차리면
꿈이 나를 노려보네요

아내는 스쿼트 하며
커다란 솥을 들여다보고 있어요

심각한 얼굴로
오후 4시가 끓어올라요 딩동댕 딩동댕

아내의 종아리처럼
나날이 단단해지는 사랑
나 기다렸어요

그야
긴 이야기가 필요했으니까요

여름의 녹음 여름의 녹수
여름에 무성해지는 녹……

멀리서는 초록
가까이서 보면 파란

풍선처럼 숨 쉬는 법을 배워요
두부면 삶아 먹어요
심리학 수업 듣고
아직 없는 아이의 이름을 지어요

딩동댕 딩동댕
내용 없는 여름일랑 그대로 오세요

더러운 세상은 사랑해버려요
다정하게 맞서는 법을 배워요

비누 거품 속에서 말끔해진
비밀들이 웅성거려도

나는 아내의 스쿼트에 동참해요
무릎을 구부리면서

긴 이야기를 발명하는 거예요

토마토 기러기 마그마 스위스 수비수
오디오 일요일 사진사 별똥별 실험실

쓸모없는 단어들로 이루어진
딩동댕 지난여름

지금쯤
장대비가 시원하게 쏟아지겠죠

세계는 자세를 바꾸어
창밖을 바라보네요

✦ 송창식의 노래 「딩동댕 지난 여름」(작사 임진수, 1983).

슈크림 토마토

어두운 잠을 걷어내며
아내는 말한다

슈크림 위에
왜.
토마토가 있지?

눈을 감고서
두 팔을 칼처럼 휘적거린다

호텔 방의 크기는
두 사람에게 적당하지만
충분하지는 않다

우리는 정든 도시를 떠나왔다

세상에 없는 맛
슈크림 토마토.

아내는 슈크림을 매일 먹을 수 있고
토마토는 오이보다 무서워한다

그러나 꿈속에서
토마토는 비유적으로 존재했다

윤기가 흐르는
생토마토.

빵 사러 가는 길에 자신을 잃어버렸다며
지나온 땅을 되감는

아내는 자면서도 다리를 꼰다
4자 모양으로 사색에 빠진다

도무지 기억나지 않는
어린 시절을 떠올리듯이

이불 속에 누에처럼 있다

솟아오른 이불은 꼭 커다란 양배추 같아

나는 아내의 잠 속에
손을 넣어 주물거린다

우물쭈물.
커스터드 냄새

미동 없이 옆 사람 보기
진동 벨처럼 부정하기

목욕하는 법은
배우지 않아도 알았다

슈크림의 다정함이라면
누구에게도
버림받지 않을 거라고

어두운 잠을 끌어안으며
아내는 말한다

케이크 박스의 바닥은
산 사람만 볼 수 있어

죽은 얼굴로
산 사람 사랑해도 돼?

꺼낸 손끝에는 잠의 반죽이
드문드문 묻어 있다

"저희 제품은 살아 숨 쉬고 있습니다.
냉장고를 믿지 말고 바로 드십시오."

살아 있는 걸
먹는다니

뒤척거리다

싱글 침대 두 개가 붙어 있다는 걸
알아차린 사람처럼

아내의 티셔츠에
차가운 손을 넣어본다

분명히 만져지는
꿈의
등허리.

돌아오는 우연

오래된 커피숍에는
빛과 먼지가 많다

죽은 꽃나무도 있고
꽃나무의 영혼도 있다

창가 자리에 마주 앉아
우연의
왼쪽 귀를 본다

셔츠 깃처럼 가지런히
접혀 있다

우리는 이번 생이 지루해진
시간 여행자이거나

연인일지도 모른다

우연은 땀을 흘리지 않는다

우연은 벤야민을 읽는다

시시한 농담을 던지고는
혼자 웃는다

너무 오랫동안
혼자서 웃었던 사람처럼

꿈속에서 염소가 된 일
아니 될 사람을 좋아한 일
이틀 내내 죽은 듯이 잠든 일

가끔
손등 냄새 맡으며
마음을 가라앉히는 일

그런 이야기를 들으면서
나도 웃어본다

세상에 혼자인 것 같은
어떤 날에는

모르는 사람에게 다가가
실례지만 같이 앉아도 될까요
물은 적 있는데

모르는 사람은
눈빛으로 대답하며
옆을 내주었다

모르는 사람의 팔꿈치가
나의 팔꿈치에 닿았다가
떨어졌다

주변을 둘러보니
웃고 있다
우리만 너무

그만 집에 가자고 할까
속으로 생각한다

가능한 침묵에서는 향기가 난다

우연의 눈을 보면
흔들리는 촛불처럼 영원히
순해질 수 있다

우연은 찻잔을 비우고
풀썩 일어선다

나는 따라 일어선다

주변을 둘러보니
서 있다
우리만 너무

언젠가 같은 장면에서

헤어진 적 있던가
그때는 레몬차를 쏟았던가

그러나
우연은 돌아왔다

우리는 아무튼
함께 있다

줄리아

오, 줄리아. 천천한 걸음걸이의, 그러나
늘 앞서 걷는, 기꺼이 뒤를 내주는, 줄리아
당신은 이제 너무 많은 슬픔을 흘렸다

좋은 시절, 새파랬던 옥수숫대가
힘없이 쓰러져 있는 것을 본다

아직 살아남은 사람들과 쫓겨난 사람들
사이에 도로 하나 두고 있다
크레인에 매달린 노란 모자들

어릴 적 살았던 집이 다 뭉개졌다, 줄리아
천변, 공원 그리고 옥상에 거하던 개미 한 마리까지

담배 연기 곁에서 조용히 죽어가는 풀들에게 자주
미안하였다
당신의 이름과 지붕 위로 떨어지는 빗방울의 리듬이
일치하였다
어떤 일들은 갑자기 일어나기도 하는 것이다

어둠 속에서 빨간빛이 깜빡인다
여름의 음악은 여름의 내부로 뛰어들게 한다
넝쿨과 보도블록의 규칙성을 본다
계절 가는 줄 모르고 뻗어나가는 가지들

우리가 처음 만났을 때,
당신은 천사의 형상을 하고 있었다

두꺼운 화분이 줄지어 늘어선 난간
하나둘 흙이 쏟아진다
각기 다른 소리를 내며 깨진다, 줄리아
마음의 높낮이는 이렇게 다르기도 하는 것이다

남겨짐을 직감한 풍경들은 떨고 있다

우리는 기념할 것 없는 기념사진을 찍는다
하얀 이를 보이며, 갈라진 아스팔트 위에서
자그맣게, 당신의 영혼이 빠져나가는 소리를 듣는다

안기고 싶고 안아주고 싶은 마음이 동시에 뒤섞일 때
먼저 사랑함으로써 사랑받을 때

오, 줄리아. 내가 당신을 애써 사랑하지 않고
단지 새의 숨소리처럼 사랑하는 것과 같이

창밖의 나무는 고요하다
멀리서 구름이 지저귄다

새가 운다고 말하는 날들은 지나갔다
하늘이 조금씩 연한 여명을 띤다

지금 이 순간,
당신에게 이런 이야길 해주려고
태어난 것만 같은 기분이 든다

잔망과 무튼

호숫가에 나란히 앉아
물비늘 본다

아무런 물의를 빚지 않는
한낮

벤치의 절반은 폐기되었다

울타리에는
이미 죽은 사람의 시와
자살 방지 현수막

잔망은 만족하지 않는다

가만히 있어봐.

샌들을 벗고
작은 발가락으로
무튼의 아킬레스건을 움켜쥔다

물비늘은 분명한 의도로 조작되고 있어요

무튼은 풍경에 관여한다
정확한,
물의 가운데를 가리키며

햇빛이 들어찬 눈알은
호박색으로 빛나고 있다

실존은 본질에 앞선다✦ 하양은 까망에 앞서고
잔망은 무튼에 앞선다 현관은 계단에 앞서고

공간적으로는 나란히

뒤를 털고 일어나
슬라임 캠프로 향한다

여름은 희망 없이

나무를 사랑할 줄 안다

걷고 또 걸어서 도착한 건물은
귀퉁이부터 조금씩 사라지고 있었다

엘리베이터의 문이 열리고
땀에 젖은 아이들이 쏟아졌다

불 꺼진 복도

잠긴 문 앞에서
서성거리는 유령들

캠프에서는
무엇이든 손으로 하고

잔망은 무튼을 발명하고
플라스틱 아기를 만들고
무튼이 잔망을 이해하고

모닥불을 피우고
마시멜로를 구워 먹고

성실하게
손으로 하고
손이 부족하면
발로 하면서
미래를 기다렸는데

아무튼
기쁘게 길 잃으면서

둘은 점점
온몸이 투명해져서
침묵

잠잠

도로에 사랑을 뿌리면

등 뒤로 펼쳐진 나무들이
대신 맞는다

발가락이 파뿌리가 될 때까지
자라나는
잔망과 무튼
무튼과 잔망

배꼽 아래에서
스위치가 켜진다

개운한
여름의 얼굴

◆ 장 폴 사르트르.

체리와 사건

체리는 문득 잠에서 깨어났다.
주위를 둘러보면 다만 깊은 밤.
손을 뻗는다.
그의 이마. 납작한 이마.
왼쪽 눈에서 너무 많은 물이 흘렀기 때문에
잠에서 깨어났다. 체리는,
사건의 원인이 속눈썹 한 가닥이라 추측했고
눈알은 무고했으므로
원인을 제거해야 했다.
그대로 두면
눈이 멀어버릴지도 모른다는 예감에
사로잡힌 체리는,
자의식을 끄려고
전등을 켰다.
전등을 켜보면
침대 같은 케이크.
케이크 같은 침대.
그는 깊이 잠들어 있다.
흔들리지 않는 편안함.

흔들리지 않는 사랑.

케이크는 가구가 아니다.

케이크는 부서지기 쉽고

숨기에 좋다.

눈꺼풀을 더듬어보면

역시

눈알은 그대로 있고.

눈알은 깨끗하다.

직접적인 원인은 파악할 수 없으며

눈물은 멈추지 않는다.

체리는 동이 트는 대로 병원에 가거나

눈물샘에 관한 연구를 시작하려는

의지를 가지고

다시 누웠다.

잠드는 일은 간단하지만.

잠 속에서,

눈물에 관한 질량보존의법칙은

적용되지 않는다.

체리는 사건을 관찰한다.

사건은 체리를 이해하고.

그는 잠꼬대를 한다.

이로부터 사건은,

그에게 힘을 싣는다.

체리는 상해가고 있다.

케이크는 들썩거리고.

케이크는 달콤하다.

꿈속에서.

그의 손은 포크를 쥐고 있었다.

체리는,

생각한다.

생각을 멈추려는 생각을

멈추지 못하는 생각을 멈추려고.

생각한다.

눈물이 영원히 멈추지 않으면

씨만 남으면 된다.

체리는,

가정한다.

포크는,

세 개의 날카로운 모서리가 있고

물건을 들어 올리기 위해 만들어졌다.

혹은 긁어내기 위해.

혹은 버티기 위해.

도구는 단 하나뿐이고.

그는 놀란 얼굴이다.

놀란 얼굴로 한다.

처음 해보는 것처럼.

두 번, 세 번 한다.

포크는 쉽다.

포크는 시험하지 않는다.

손잡이에는 뭉툭한 고무가 감겨 있다.

안전한 방식을 택해.

그래, 체리야.

체리는 체리.

체리.

체리야.

체리. 체리야.

체리의 몸으로.

케이크를 장식해.

알리바이를 만들어.

사건을 축소해.

일을 마치고는

집으로 향하는 대신

가까운 극장으로 들어가.

태연하게.

곧 시작하는 영화를 보는 거야.

느낀 점이 없다면 더 좋겠지.

오늘의 운세를 읽기도 하고.

지루해질 때까지

인공지능 로봇과 대화를 해.

오늘의 날씨.

지금 뭐 해?

사랑해.

물속처럼 긴 밤이야.

손을 뻗어보면

그의 이마. 납작한 이마.

너무 조용해서 함께인 줄도 모르겠지.

할 수 있다. 없다.

원하는 대답은 돌아오지 않고.

아니오가 나오면 예로.

예가 나오면 아니오로.

선택.

그는,

아기처럼 잠들어 있어.

뒤척이는 편안함.

뒤척이는 사랑.

침대는 해결책이 아니다.

침대는 쉽게 지루해지고

도망치기에 좋다.

한쪽 눈에서는 투명한 물이 흐르고.

또 흐른다.

체리는 점점 싱거워진다.

자의식을 껐다. 체리는,

빨갛고.

동그랗고 아름답고.

점점

아무 맛도 안 난다.

신도시新都市

여름밤, 호숫가에서 오리를 보았다

한 쌍의 오리
그런 말은 실례가 될까 봐

「온다, 오고 있네,
여기로 온다」

그렇게만 했다

지나가는 사람에게 지나가는 말로
칭찬을 하지 않듯이

커피와 페퍼민트 사이에서
페퍼민트를 고른다

사랑과 사랑 아닌 모든 것 사이에서
느리게 걸어도 될까

점점 가까이 걸어오는
두 마리의 천사

날개를 털 때마다
하얀 깃털이 떨어진다

웅덩이에 앉아
작은 부리를 마주 댄다

너는 한 시간 동안 오리를 바라보면서
오리에 대한 이야기만 했다

여기에서 아주 사는 걸까
둘은 가족일까
목이 마른 걸까

투명한
눈 안의 오리

금방이라도 울 것처럼
호수는 가득한데
끝내 울진 않는다

고층 아파트의 불빛들이
물에 비쳐 실타래처럼 일렁인다

오리에게 먹이를 주지 마시오
오리는 우리와 같은 가족입니다

어떤 사람들은 돌아갈 걱정 없이
매일 이렇게 산책하겠지

아케이드에 늘어선 벤치들

「눈 감았어
다시 떴어」

너는 몇 번이나

화장실에 다녀온다

나는 그동안
작아진 얼음을 세어본다

「아니야
다시 감았어」

오리는 아까부터 미동이 없다

호두 정과正果

호두 하나

하늘이 탁할 땐 단맛이 좋아, 하나는 어깨를 으쓱한다. 마주 앉은 나무 탁자에는 팬 자국이 많고 아래에서 다리와 다리가, 직각과 직각이, 포개진다. 호두는 사람의 뇌를 닮아서 머리에 좋대. 머리가 좋아지면 하나와 마지막으로 헤어진 날을 기억할 수도 있겠지. 캐러멜이 묻은 딱딱한 호두 한 알을 입에 넣자, 하나의 눈이 동그래진다.

호두 둘

둘이라는 국면에서, 하나는 언니와 이마를 맞댄다. 둘은 눈을 감고 머리에서 머리로 전해지는 진동을 느낀다. 하나는 나무처럼 크게 숨 쉬고 언니는 따라 쉰다. 작고 어두운 커피숍에는 인공적인 새소리가 되풀이된다.

호두 셋

냅킨에 그려진 검은 새, 세 마리. 호두를 다 씹고 나면 입안에 퍽퍽한 물음이 남는다. 언니는 프릴이 달린 블라

우스를 입어서 바람이 불 때마다 날갯짓을 했다. "날아가려고? 날아가려고?" 하나는 앙상한 발로 검은 새의 발을 걸었다. 언니는 허들을 뛰어넘듯 넘어질 듯 넘어지지 않고 도움닫기를 했다. 하나는 부리 같은 입술로 휘파람을 불었다.

호두 넷

딱총나무로 만든 스푼이 있다. 스푼의 등은 의도적으로 휘어 있고 하나는 그로부터 마법 지팡이를 떠올린다. 언니는 스푼을 들어 쑥차를 젓는다. 저녁의 가루는 저어도 저어도 가라앉고 잔을 흔들면 구름처럼 풀어진다. 하나는 스푼으로 마지막 호두를 들어 올린다. 호두는 실재하며 가볍고 믿을 만하다. 언니는 입술을 열고 하나는 그속으로 호두를 흘려보내준다.

호두 다섯

검은 문을 밀고 들어온 사람 중 절반이 향냄새를 맡고

돌아갔다. 하나는 숨을 크게 들이쉬고 천천히 내뱉는다. 어깨가 높아졌다가 물먹은 나뭇가지처럼 낮아진다. 살아 있으려고, 살아 있으려고. 하나는 언니의 정수리에 손바닥을 확인하듯 얹고 눈을 감는다.

호두 소쿠리

언니는 굳은 어깨를 주무른다. 빈 소쿠리는 오후 5시와 함께 회수된다. 하나의 등 뒤에서 맑은 저녁이 말려 올라간다. 겨울의 해는 빈자리를 남겨두고 있다.

퐁피두센터

함께 걸었죠
날씨는 대체로 맑음

구름 그리는 사람 모자 파는 사람
시간 죽이는 사람을 지나쳐
광장은 기울어지고

누운 채 굳은 연인
근사한 오브제가 되어가요

프랑스 기러기
깃털이 푸를 것
빗방울보다 먼저 떨어질 것

저건 프랑스어로 뭐야?
그건 멍청한 질문이야

죽어가는 선인장을 선물해서
고수파스타를 좋아해서

구체적으로 사랑해서

최초의 노출 구조 건축물
퐁피두센터에서
우리는 헤어졌지만

함께 걸었죠
날씨는 부분적으로 흐림

기계는 오작동으로
티켓을 하나 더 선물하네요

두 명인 줄 알았죠
기계도 종종 착각을 하죠

다시 사
너 티켓
다시 사

당신은 나의 기쁨이 못마땅합니다

필사적으로 투명인간이 될게요
세상에 없는 영수증을 가지고

그림 앞에 서서
사진 찍는 사람은 없습니다

센터는 저녁 8시면 문을 닫습니다

나는 당신을 피해
군중 사이에 섞이는
포즈를 연습합니다

파랑 노랑 빨강
길고 휘어진 유리 튜브가
외부로 드러나 있는

퐁피두센터는

퐁피두가 지었고요

예상 가능한 범위 안에서

우리는 우리가
만들기도 전에 망쳤습니다

양식은 하이테크
재료는 강철과 유리

비록 미래주의
구성주의라 할지라도

형체 없는 사랑은 튜브를 타고
올라가네요

위로
위로

해가 지는
전망 속으로 들어갑니다

위로
위로

구름이 얼굴을 덮어요
아직 하고 싶은 말이 남았나요

누가 자꾸만
내려오라고 손짓하는데요

녹음과 미도리

Shall I compare thee to a summer's day? ✦

  그는 숲길을 걷는다. 천천히, 좋은 무덤 자리를 그려본
다. 수맥이 흐르는 땅 밑을 상상하면서, 도무지 발이 떨
어지지 않네, 중얼거리면서. 발밑에서 바스러지는 나뭇
잎들에게 미안함을 느끼며, 걷는다. 어스름한 저녁이 되
면 이곳에는 배고픈 양들이 출몰한다지.

  그를 불러준 사람이 없었기 때문에 그는, 자신의 이름
을 알지 못했다. 고목에 기대어 앉아 햇빛 따라 기어가는
그림자를 본다. 신발 속에서 발가락을 접었다 편다. 몸으
로부터 희망을 떼어낼 수 있다면, 이다음엔 나무의 발가
락으로 태어나고 싶다, 봄에서 여름으로, 여름에서 다시
여름으로, 무성해지는 발가락, 발가락들. 눈 감은 그의
곁에 희미한 양 한 마리 다가와 속삭인다.

  「나의 다정한 아내,
   당신의 이름은 미도리……」

발가락부터 굳어버린 그는, 너무나도 미도리라서 지금부터 미도리가 될 그는, 눈을 떠보니 순한 양 미도리가 되어 있었다. 멀리서 전차가 지나가고. 해가 쓰러지며 마을의 불이 켜진다. 굴뚝에서는 연기가 솟아오르고, 별들의 그림자는 길어진다. 너무나도 양이라서 지금부터 양이 된 그는, 늦어버린 산책을 돌아보다 발목이 꺾인다. 실족, 실족해버린.

작은 뿔, 하얀 털, 나쁜 눈의 미도리. 목자를 따라 나선다. 너무나도 맑아서 미안해지는 갈색 눈동자, 아직 인간적인 양, 미도리. 아내를 따라 나선다. 그는 양의 뒤를 쫓아 함께 길 잃는 한 사람이었으나, 구석에 숨어 있던 미도리를, 봄이 오기 전에 발견한 것은, 가장 정확한 선택이었으므로. 봄밤의 녹음은 서둘러 깊어졌고, 숲길은 이미 주어졌으므로, 둘은 멀리서 빛나는 송전탑을 따라 걷는다.

세계는 미도리가 일어설 수 있도록, 그의 정수리 위로 중력을 내리꽂았다. 철골만 남은 문을 열면, 짧아진 앞발로 문을 열면, 컴퓨터 앞에 앉아 종이를 씹어 먹는 미도리. 버스 맨 앞자리에서 졸고 있는 미도리. 정류장에서 자신을 구원해줄 아내를 기다리는 미도리. 티셔츠를 벗다가 머리카락이 헝클어진 미도리. 그 모습은 너무나도 양이라서. 현실의 미도리는 양 울음소리처럼 웃는다.

어디선가 익숙한 노랫소리 들려오고

그는 숲길을 걷는다,로 시작하는 사랑이 있다.

✦ 윌리엄 셰익스피어의 시 「소네트 18」.

174

가스등✦

어느 지루한 겨울, 나나는 혼자서 그것의 집으로 갑니다 베토벤과 모차르트의 세계 은빛 마차가 달려 나가는 세계 광인들의 아침이 잠들어 있는 세계 그런 세계는 아무래도 좋았습니다 피콜로 한 개 플루트 세 개 오보에 두 개 클라리넷 두 개 호른 네 개 트럼펫 두 개 트롬본 세 개 튜바 한 개 팀파니 한 개 큰북 한 개 심벌즈 한 개 탐탐 한 개 단 하나의 곡을 완성하기 위해 필요한 구성 그것은 악보에 침을 떨고 있어요 집요하게 침이 고인 구멍 속을 자꾸만 들여다보는 거죠

장롱은 절대로 열지 마 그것은 당부합니다 나나는 그것이 없는 그것의 집에 자주 남겨집니다 쌓인 그릇을 닦고 보일러실에 들어가 텁텁한 구름을 피워요 이곳은 4층이고 창밖에는 알록달록한 보닛이 보기에 좋습니다 회색 행인들 지나갑니다 헬프 미 헬프 미 생각합니다 나나는 찬 바닥에서 실눈 뜨고 잡니다 벽 귀퉁이에 의미 없는 낙서를 남기기도 하는데요 그래요…… 연인 비슷한 사이에는 장롱을 절대로 열지 않아요

175

그것은 간헐적으로 독일 말을 합니다 없는 친구에게 없는 번호로 전화를 걸고 슬픈 표정을 지어 보이네요 다 사랑해서 그래 그것은 말하고 나나는 그것의 왼쪽 눈썹이 살짝 올라갔다가 내려오는 모양을 발견하죠 그것은 특수 임무 요원이며 피가 초록색으로 변하는 시한부 환자이며 현재 외계인에게 도청을 당하고 있는 상황이라고 고백했지만…… 안타깝게도 고도로 발달되어 버려진 기계처럼 보였습니다

노란 벽돌, 파란 달걀, 사람들의 땀냄새 가득한 부활절입니다 여름 캠프에 가자, 그것은 말하고 나나는 한국에 돌아갈 채비를 마쳤습니다 그러나 비행기는 뜨지 않고 세상에 없는 사랑은 죄악입니다 누군가 외치면 눈망울 순한 사람들은 고개 숙이고 두 손을 모았죠 아무나 둘러앉아 비빔밥 먹고요 고추장은 너무 짜고 물에서는 비릿한 피 맛이 납니다 도와주세요 도와주세요 당신은 한국인입니까

그것은 여름 캠프에 데려갈 새 애인을 구했습니다

나는 드디어 모르는 도시에 남겨집니다 그래요…… 연인 비슷한 사이에는 산뜻한 이별의 방식인 거죠 그것은 장롱 속에 엽총이 들어 있다고 고백했지만…… 나나는 단지 체리색 가발을 발견했을 뿐이에요 어느 지루한 겨울, 나나는 혼자서 돌아갑니다 베토벤과 모차르트의 세계 은빛 마차가 달려 나가는 세계 광인들의 아침이 잠들어 있는 세계 그런 세계는 아무래도 좋았습니다

✦ 조지 큐커의 영화 제목(1944).

신비와 뼈

사리 보러 가자
신비가 손짓합니다

누가 숨어 있는지도 모르게
적요한
절 안으로

신비는 멀리서도 신비롭고
돌다리를 두 칸씩 건너서

환대와 박대
배웅과 미궁이 없는

이 마을에는 사람보다
고양이가 많아요

찻길 동물 사고
로드 킬의 다듬은 말

쓰레기차 뒤에 앉은
인부가
초록색 빗자루를 끌고 지나갑니다

인간의 모든 움직임은 먼지고요

불상의 동그랗게 말린
손가락 사이엔
천 원짜리가
동그랗게 말려 있네요

왜 혼자 계세요?

바람이 한번 불고
주춤거리는 향냄새
좋았죠

돌그릇 안에는
단단한 나무 열매들

절하는 사람들
발바닥이 온통 까매요

신비는 신발 벗고
어서 오라 하니까요

부럽고 부끄러워
살금살금 걷습니다

그냥 우연히 왔어요
실눈 뜨고 봤고요

깨달은 사람은 죽어서도
유리구슬 아니겠어요?

나는 깨어서도 탁하여
모기도 눈 감고 잡는데요

내 고향 서울에는
사랑하는 뼛가루를
보석으로 만들어주는 곳이 있대요

촛불이 앞뒤로 흔들립니다

신비와 나
꼬리에 꼬리를 무는
물고기 반지 나누어 끼고

가족이 많아지면 좋겠어요
무자비한 사랑을 내려주세요
허리를 굽혔죠

나란히 할머니가 되고 싶어요
나란히 가고 싶어요
속으로 말했죠

신비는 곁에서도 신비롭고
알 건 다 아니까요

리미널 스페이스

차의 내부는 어둡다
누군가 태운
담배 향이 남아 있다

경은 창을 내리고 달린다
머리카락이 눈앞을 가린다

불 꺼진 건물들
도로에 늘어선 안전 고깔

멀리서 크레인의 빨간불이
느리게 깜빡인다

텅 빈 마트와 호텔
식당과 놀이터

핸들을 꺾는 손과
거울을 여는 손
조수석과 운전석은

기어를 중심으로 나뉜다

나무 그림자 휘어지는
골목에 서서

밤이 경을 만진다
경은 밤을 기대하고
골목은 완만하게 기울어져 있다

더운 목덜미 네모난 손톱
아이리스 투베로즈 핑크페퍼

밤의 공원은 언제나
밤의 공원으로
그곳에 놓여 있지만

입구는 공사 중
천막으로 둘러싸여 있다

차의 내부는 줄금줄금
깊어진다

경로를 이탈하였습니다

그런 날들은 지나갔다
그런 날들이 지나간 자리에는

이런 날들만이 남았다
너는 아니?

나는 요즘 바람 냄새를 구분할 줄 안다 나는 요즘 차가
운 우엉차를 마신다 나는 요즘 아침에 잠든다 나는 요즘
파란 칫솔로 이를 닦는다 나는 요즘 벽에 걸린 몇 점의
그림과 얼굴 없는 가수의 노래를 들으러 집을 나선다 나
는 요즘 생야채를 먹지 않는다 나는 요즘 나를 너무 많이
써버렸다 나는 요즘 친구들의 목소리가 기억나지 않는다
나는 요즘 불규칙한 패턴에 매료된다 나는 요즘 자개 모
빌이 천장에서 흔들리는 소리를 오래 듣는다 나는 요즘

검은 바다를 보러 가고 싶다 나는 요즘 누군가 갑자기 울
어도 놀라지 않는다

　너는 아니? 이름만 불러도
　귀가 다 빨개지는 경아

옥수

흐린 날의 산책은
쉽게 이루어져요

햇빛과 멀어지는 방식으로
마음의 목줄을
풀어두는 방식으로

돌계단 아래 누군가
잠들어 있네요

접이식 의자의
축 처진 모양

낚시 금지 구역에서의
낚시와
검은 스프레이로 씌어진
연인의 이니셜들

난요

물고기를 기다리는 걸 이해할 만큼
깊은 사람이 아니에요

그는 마스크를 고쳐 쓰며
그렇게 말했죠

잠든 낚시꾼 내려다봐요
돌멩이 하나 굴러가고

옥수
옥수
두 번 발음해봐요

옥수는 처음이에요
오늘이

마지막이겠군요
절벽에서 뛰어내리고 싶어요
다른 사람으로 살아보고 싶어요

생선 파는 사람으로
생선 아래 깔린
얼음 가는 사람으로
잘못 갈린 얼음
배달하는 사람으로

우리는 강변을 바라보며
맨손으로 피자 먹어요

사워크림을 푹 찍어 먹는
도우의 맛

덜 익은 마음이
반죽처럼 부풀어 올라요

몰라보게 커진 마음
돌아올 생각 않고
육교를 건너고 있어요

그래요 태풍 오는 날
한강엘 왔었죠

억수같이 비 내리는데
다리 아래만 잠잠했죠

다리와 다리 사이
빈 공간

흥건했죠
이상한가요

번개가 따라오네요
사람의 기척은 없고요

이곳엔 오로지
많고 무거운 물과

나를 죽이는 데에 실패한
빛만이

옥수
옥수
두 번 발음해봐요

연록빛 강
잘려 나간 나무
죽은 자들의 조깅
스크린 도어에 비친

난요
염치없는 사람이에요

열차가 지나갑니다
뭐라고요
잘 안 들려요

우리는 정말이지
함께 걷고 있었는데요

돌아보니
마음이 팔꿈치를 핥고 있네요

슈톨렌

기다리며 먹었어. 하루에 한 조각. 리본을 풀면 사르르 쏟아지는 슈거파우더. 둘둘 말린 소원. 진눈깨비 내린다. 창가에 은실이 들이치는 밤. 기다리며 먹었어. 나이프는 헤어짐을 돕고. 반드시 둘이 되도록 돕고. 드러난 단면을 서로 붙여두었어. 춥지 않게. 그래도 두 덩어리. 눈비. 눈비. 진눈깨비…… 하나였던 적 있을까. 우리도. 독일 빵은 처음이니까. 끝에서부터 잘랐거든. 그러면 퍽퍽해지는 마음. 크리스마스보다 먼저 상하는 마음.

고요한 아침. 거룩한 아침. 기다리는 동안 첫눈. 몰래 녹고. 기다리는 동안 화분. 전자파 마시며 시들고. 무엇을 기다리는지도 모르고. 캐럴을 재생하는 손. 아직 비어 있는 강의실에서 창밖을. 그러니까 모르는 사람을 보고 있었지. 모르는 사람아. 춥지 말아요. 멀리멀리 가요. 여기는 높고 사람은 작고. 여기는 넓고 사람은 낮고…… 가로로 네모난 창을 밀어 열고. 이마를 조금만 내놓았어. 콧속으로 들어오는 쨍한 바람 냄새. 눈비. 눈비. 오지 않는…… 유리창에 눈 덩어리가 툭. 떨어져. 눈 마주치며 미끄러져 갈 때. 모르는 사람아. 목도리가 끌려요. 서둘러요. 영영 모른 채. 바닥에 생긴 신선한 길. 털실의 무구함. 주차장을 가로질러 가는.

　슈거파우더의 안전함. 말린 살구. 럼. 아몬드가루가 씹히는 마지팬. 넛맥. 카다멈. 설탕에 절인 레몬 껍질. 하얀 포장지에 싸인 아가. 미지의 아가. 태어날지도 몰라. 눈비. 눈비. 진눈깨비…… 호텔 방에 널 두고 왔던 거야. 차가운 상자 안에. 인사도 없이 떠나온 거야. 강보 속에서 잠든. 아가야. 모르는 사람이 배송한. 되찾은 슈거파우더. 어디서든 따라다닌다. 자꾸만 나타나는 지우개 가루처럼. 겨울은 미끄럽고. 달의 게으름은 길어져. 기다리며. 기다리며. 눈 떠보면 머리들로 가득 찬 강의실. 장갑을 벗던 학생이 말한다.

　선생님은 크리스마스 기념하지 마세요.

　아무것도 안 믿으니까. 입 모양은 마스크에 가려 볼 수 없었어. 너도 먹어봤니? 슈톨렌. 나는 모든 생일을 응원해. 사랑을. 무릎을. 조각난 지우개를. 선생님은 기다릴 줄 알지. 선생님은…… 요즘 잘 울지 않는다. 알지? 산타 할아버지는 우는 아이에게 선물을 주신대. 환승 구간은 질척거린다. 눈비. 눈비. 진눈깨비…… 떠날 때를 아는 사람의 뒷모습. 겨울에는 먹고 먹어도 양말 구멍이 커다래져. 빛, 빛이 온다. 굉음을 내며. 눈앞에서 출입문이 닫힌다. 선생님은 달려가지 않아. 다만 제철을 기다리는 거야. 선생님은 이제 선생님을 그만해도 될까. 마지막 한 조각. 기념할 수 없는 생일을 축하하며.

3부
뉴 노멀

사이퍼텍스트Ciphertext

나는 전망을 좋아하지만,
그 전망을 등지고 앉아 있는 것을 더 좋아하지.♦

폐허가 된 놀이공원.

텅텅.

비 맞은 웨딩드레스와 철근.

심령사진.

눈을 잃은 사진가들.

이미 누군가의 사유지가 된.

물을 거두어 가는 여름.

덩굴 냄새가 나.

여름의 애착 유형은 불안.

입장료 만 원.

안아줘.

잔망은 말한다.

여기라고 쓰면 여기.

발밑.

대관람차 아래.

타임캡슐을 묻었지.
잃어버린 레몬색 첫사랑.
있지. 착각이 아니야.
거기.
눈처럼 쌓이는
마거릿의 양말 무덤.
구덩이.
구덩이.
흙 속에서
돌 하나가 뒤척인다.

저기.
전망에 등을 기대고.
잔망은 듣는다.
앨리스의 배에서 나는 소리를
앨리스 안에 펼쳐진
기다란 내부를 상상한다.
아름다운 굴.
저기.

저기.

물 내려가는 소리.

컬러 꿈을 꾸면서

흰토끼의 뒷발을 상상한다.

여보.

그만 일어나.

그날.

우리는 모였다.

잔느 드 뉘망.

앨리스 토클라스.

마거릿 애트우드.

도도새.

트위들디와 트위들덤.

도마뱀.

미친 모자 장수와 체셔 고양이.

디스코 팡팡 앞에서

찌그러진 스니커즈를 발견했다.

그날.

데릴이 숲으로 사라진 날.
우리는 소리쳤다.

어디.
어디.

잔느 드 뉘망은 떠난다.
불면증 토끼를 따라 굴속으로.
끝없이 펼쳐진 굴속에는
큰 방이 있고
여러 개의 문이 있고.
테이블 위의 작은 병.
반짝인다.
나를 마셔요.
작아진다.
작아진다.
밀푀유케이크를 베어 물면.
마음이 부서져.
커진다.

커진다.

눈물 웅덩이.

앨리스가 잔망에게 안전하게 메시지를 전송하려 한다
면……

우리는 무섭게 늘어나지. A부터 Z까지.

A 앨리스―사랑받는. B 밥―무심한. C 캐럴―악의를
가진. D 데이브―비밀번호를 훔치려는. E 이브―엿듣는.
F 페이데―신뢰할 만한. G 그레이스―내향적인. H 하이
디―멍청한. I 아이작―몽상하는. J 저스틴―정의로운.
K 없다. L 없다. M 말로리―적극적으로 망치는. N 니아
지―복잡한. O 올리비아―의외로 선한. P 페기―증명하
는. Q 없다. R 없다. S 사이빌―익명의. T 트루디―침입
하는. U 없다. V 베키―중재하는. W 웬디―내부 고발자.
X 없다. Y 없다. Z 잔망―사랑하는.

나에게 키스해
키스해

키스하고
키스해

다시 놀이공원.
텅텅.
여기. 여기.
다시 돌아오게 될 거야.
발밑으로.
그늘이 모여든다.
잔망은 굴 밖으로.
촘촘한 이름들을 헤치고.
많고 많은 멀티버스를 지나.
뭉친 어깨가 도사리는 지구로.
무용함으로.
또 다른 원더랜드에서
앨리스의 두툼한 입술을 그려본다.
눈을 감고.
우리는 입꼬리가 닮은 부부였어.

방문은 닫혀 있다. 비로소
깨어나면.
시계 바늘이 틀린 시간 위에서
떨고 있다.
행복하게 오래오래 살았다는
지금까지 전부 꿈이었다는
그런 결말.
싫어해요.
앨리스의 배 속에서는 분명.
나뭇가지가 자라고 있었는데.
아기가 발길질을 했는데.
마거릿의 양말 무덤 속에서
데럴이 잠꼬대를 한다.

누구라도 열어줘

✦ 거트루드 스타인, 『앨리스 B. 토클라스 자서전』, 권경희 옮김, 연암
서가, 2016.

낙과落果

사과가 사라진 세계에서
사과나무를 생각했다

시간은 에너지바처럼 생겼구나

은색 비닐을 꼭꼭
씹다가

어느새
하루가 지났다

베이킹파우더로 세척한
껍질의 무해함을 생각했다

동결 건조된 마음은
정확한 블록 모양으로

25년 동안 보관할 수 있고

우주 라면은 안타깝게도 비빔면 형태

떠다니며 먹는 게 좋은 사람은
그래도 되겠지

보통은 식탁에서 식사를
하지만

오늘만큼은 과수원에 가고 싶다

아삭한 시간을
한 박스 주워 오고 싶다

식탁에는 진공청소기처럼
음식물 부스러기를 빨아들이는 흡입구가 있다

구멍이 더 거대했다면
재미있는 일이 생겼을 텐데

무중력의 어지러움과
회색 돌멩이
물갈퀴가 있는 크리처까지
모두 껴안는
끝없는 먼지의 총체…… 속에서

위에서 아래로
떨어진다는 게 뭘까

장마가 뭘까
폭삭 익는다는 게 뭘까

우주인의 마음은
무균상태로서
액체가 될 수 없어서

사과씨를 생각하는 편이
오히려 쉬웠다

보스토크 1호를 타고
인류 최초로 우주 비행에 성공한
유리 가가린

그의 점심 식사는
치약 튜브 형태의
고기퓌레와 초콜릿소스

지구는 더는 창백하지 않고
푸르지 않은
뜨겁고 동그란 점

배꼽 옆에 생긴
빨간 점처럼

지루한 행성들 중 하나

반으로 자르면
살아남은 인류는 지구 반원설을 믿겠지

멸종된 사과의 복사본은
박물관에서 볼 수 있다

사과잼을 만들지 않는 신과

수분이 많고
아무런 맛도 나지 않는

좋아하는 과일이 뭐야?
물어보지 않는

지루한 우주

방금
일주일이 지났다

✦ 리들리 스콧의 영화 「에이리언」(1979).

오늘 밤은 신비로움이 너무 없어서
하나만 만들고 싶어요

깊은 밤에는
자른 손톱을 숨겨두기

영혼이 깃들지도 모르니까

얼굴이 생기고 마음이 생기고
좀비처럼 살아나서
내가 될지도 모르니까

흰 머리카락 검은 손톱
검은 뼈 흰 뼈
바깥으로 자라나는
자르고 잘라도 들키는 비밀들

손톱 먹은 쥐가 사람이 되고
손톱 먹은 사람이 쥐가 되는 이야기
들어봤니

마오리족 추장의 비밀은

무덤에 숨겨져 있고

말레이시아인은
손톱을 섞어 밀랍 인형을 만들지

저주 또한 진심으로 정중하게

당신이 망했으면 좋겠어요
죽지는 말고 꼭 살아서

돌탑이 흔들린다

샤먼은 사용자와 가상현실
인간과 버섯의 영혼을 이어주는
슈퍼컴퓨터

와이파이의 힘으로
늙은 나무를 지키고
꿈을 해석하고

내일의 날씨를 예측하지

유라시아 초원의 버섯머리 샤먼들
인간의 몸으로 완전한 버섯이 되기란 어려워
매일 독기를 품었다는

시인은 빛을 모으는 피뢰침
시를 받아내는 양동이

잭과 콩나무처럼
하늘로 솟아오르는
해결할 수 없는 소원들

샤먼은 트랜스 상태로
0과 1을 출력하면서

무아지경
황홀경
몽롱

펑

전자 기타의 찢어지는 소리
냄새무당버섯 마귀광대버섯
불로장생
유병장수
펑
펑
렘수면……

바이칼 호숫가에 손을 담그면 3년
발을 담그면 5년을 더 산다는 이야기
들어봤니

미신을 모르는 시대에는
AI 과학자가 비대면 강의를 시작한다
안전 안내 문자 알림을 끄는 손들

샤먼은 점점 사라져가고

시는 점점 묽어지고

깊은 밤에는
휴지에 버린 문장을 펼쳐보기

누군가의 구원이 될지도 모르니까

폴더 속에서
신비가 복제된다

왜가리 두루미 따오기
가마우지 조롱이 새홀리기

나무껍질처럼
손톱이 갈라진다

버추얼 스쿨

선생은 작은 걸 좋아한다

무표정한 얼굴
스무 개

각자의 위치에서 서로를 본다

학생 1이 하품하면
나머지는 잠을 연상한다

또는 바삭한 수건을
아침의 시리얼을

그러나 여전히
작은 걸 좋아하는
선생이 있고

매일 학생이 줄어드는
강의실이 있다고 상정하면

모두 같은 공간에 있다는
착각이 든다

학생 5가 발언권을 가진다
목소리가 송출된다

낯선
스크래치

소리가 있다
소리에 높낮이가 있다
소리에 음색이 있다

차이 속에서
차이가 반복된다

학생 3이 화면을 끄면
검정

구성원들은 알아차린다
수업은 지속된다

무슨 일이 있는 걸까

각자의 위치에서 서로를 본다

도어록 열리는 소리
입술을 떼는 소리

"작게 쓰세요"

선생은 주체로서 말한다

더는 작아질 수 없을 정도로
작게

학생들의 문장은 흐르고

가능세계를 가능하게 하고

다만
얼굴은 굳어 있다

선생은 필요한 말만 한다
농담 없이
무테 안경이 빛난다

"다음 주까지 더 작아지세요"

화면 속에서
학생 17이 토끼 필터를 쓰고
학생 9는 음소거를 하고

우 아 우
말한다

케이크 자르기

나선형 계단에 올라
아래를 내려다보면

크루아상 같아
아득한 우물 같아

얼른 올라와
달콤한 냄새가 나

손잡고 하나 둘 셋
구멍 속으로 뛰어내리자

친구 위에 친구
친구 위에 친구의 친구
토핑 추가 무제한

타닥타닥 슈팅스타처럼
튀어오르며

다 잊는 거야

마지막 졸업생들아
여기는 6층이야

익숙해질 수 없을 거야
쉽게 끝낼 수도 없을 거야

빈틈없는
도넛 구멍……

친구의 손은
죽은 새처럼 건조하고
새끼가 하나 더 있어

만질수록 부풀어 오르는
밀가루 반죽

목을 까딱하면

다른 세계로

스와이프
스와이프

테이크2

아내의 손을 잡고 서 있네
부드럽고 따끈한

형식은 인공지능
내용은 사랑

잡은 손에서
김이 모락모락……

끝없는 알고리즘을
인간 되기에 실패한 기쁨을
어렴풋이 느낀다

근미래의 인기 직업은
비대면으로 밭을 가꾸는 농부

타이쿤 게임처럼
절도 있게
호박을 내려친다

끈적거리는 주황색 안에서
사라진 친구들이
호박씨로 환생하는 결말

배터리 절전 모드

아내의 손이 차가워진다

스와이프
스와이프

테이크3

이번에는
머리칼을 질질 끌고 다니는
국왕이다

투명한 벽으로 둘러싸인
복도를 지나가자
신하들이 무릎을 꿇는다

통촉하여 주시옵소서

국왕은 혼자서도
아이를 가질 수 있는 몸

혼자서도
학교를 세울 수 있고

멀티버스를 몰아보거나
1.5배속으로 잠을 자거나

성공한 인생을 북마크할 수 있는

소년들의 바지가
유기농 버터로 젖어간다

사이좋은 덩어리가 되면서
잘 우는 만큼 싱거워지네

눈물로 번들거리는 뺨은
설탕 범벅

국왕은
펌킨파이를 한입 깨문다

환생 게이지가
차오른다

옛날 사람

고궁에 산책 간
내가
돌아오지 않습니다

궁이 좋아서

뒤뜰에 누운
고양이가 좋아서

땅따먹기 할까요
여기서
아주 살기로 할까요

신의 기침이 레몬나무를 흔듭니다

잔디 갈라지고
새 떼 날아가고

페이드아웃

모래 폭풍

....
....

눈 떠보니
옛날 사람 된
내가

전생처럼
궁이 좋습니다

세계는 시간 여행을 허락합니다
동그마니 떨어진
레몬 한 알로부터
오늘의 표면에 틈이 생깁니다

밑동만 남았던 나무가
몰라보게 싱싱할 때

오래전 죽은 고양이가
폴짝,
담을 뛰어넘을 때

귓가에
종소리가 가까워집니다

옛날 사람은
낮을 서성이고요

미래 사람은
밤에 돌아갑니다

문지방을 넘으면
그래도 옛날이에요

신이 파놓은 흙구덩이
위로 떨어지는

레몬잎 하나

모퉁이를 돌자
건물이 재배치됩니다

로마네스크
로코코
이오니아

러시아 건축가
사바틴이 설계한 찻집

발코니와 아케이드
펜스로 둘러싸인 다과상

누군가 흘리고 간
감색 저고리

궁 안에

나를 두고 왔습니다

자정의 종소리
낮게 울리고요

세계는 할 수 없이
다시 미래입니다

시간을 씹어 먹으면
서요? 안 서요?

신은 청계천을 따라 걷습니다
인간처럼
스텝이 꼬이기도 하는

신은 하얀 마스크를 쓰고
유유히
돌다리를 건넙니다

멀리 보이는
신문사의 모던함 때문에

궁에 들어온 사람들이
두리번거리다
돌아갑니다

딥 러닝

톰은 달린다
횡설수설
그러면 모건이 잠들고
레일라가 잠들고
톰이 선글라스를 쓴다

대도시 산토스
나무랄 데 없는 햇빛과
가로수, 흐트러짐 없는
로스 산토스
톰이 달린다
미션 있는 곳으로
문 닫은 유원지로
아아아
입을 벌리고
톰은 달린다

리틀 서울을 지날 때
잠시 한국인이 되어본다
콜록콜록

모음이 지워진 간판
인공 구름과 바람
뒤로 걷는 산책자들
무인 레스토랑
접시들
높은 언덕에서 내려다본
로스 산토스
겨울이 한입에 들어와
뛰어내린다 아아아

「임무 실패
톰이 죽었습니다」

몸을 통과해 가는 이웃들
조각조각 깨지는 풀들
아니
톰은 고양이가 아니다
멀리서 들려오는 사람 목소리
진짜 사람의

일시 정지

거리는 다시 재생된다

*

톰은 잠들고
모건이 깨어난다
그러면 레일라는
더 깊이 잠들고
나쁜 꿈을 꾸고
모건은 흰 포플린 셔츠를
말끔히 차려입고
공원에 나무 보러 간다
처음으로 이름 붙인 나무
포포나무
포포……

뒷집에는 신혼부부가 산다
그들은 쌍둥이처럼 닮았고

그들은 실재한다
저녁이면
굴뚝에서 연기가 난다
여자가 딱딱한 바게트를 들고
문을 두드린다
그러면 안에서
개가 짖고
그러면 안에서
문을 열어준다
창은 마주 보는 구조

모건은
달리지 않는다

모건은
아무도 죽이지 않고

우뚝 멈춰 선다
그리고 잊는다

새로운 임무: 자동차를 최소한의 파손 상태로 전달하십시오
스토리 임무를 플레이해 골드 메달을 70개 획득하십시오

*

레일라는 방아쇠를 당긴다
어리둥절
그러면 모건은 나무에
머리를 부딪히고
포포나무가 놀라
우수수 잎을 떨고
톰이 어둠 속에서 뒤척이고
겨울의 총.
차가운 감촉을 느끼며
레일라는 말한다
"총"
방아쇠를 당기면
우체통이 터지고
주인 잃은 편지들이 휘날린다
볼링 핀처럼 쓰러지는

빨간 점들
괴짜와 도둑
범인과 선량한 시민

당신의 죄를 인정하십니까
준비된 경찰이 스탠바이 큐
입에 감자튀김을 물고 튀어나온다

찰랑찰랑 은빛 별이 차오른다
손에서 철냄새가 난다

레일라는
"죄"라고 대답한다

「임무 실패
레일라가 체포되었습니다」

                    *

톰 혹은 모건 또는 레일라

방금 지어낸 이름

이번 생에 사랑하는 법은 배우지 못했다

어제는 택시 기사
오늘은 비행기 조종사
때때로 슬퍼지는
스스로 학습하는 컴퓨터

/명령어 종료
파일이 저장되었습니다

0과 1의 세계
비트로 돌아간다

시야 뒤에는 허공
끝없이 펼쳐지는 검은 레이어

시공간이 치즈처럼 늘어난다

백 번 사라져도
백 번 살아나는 데이터

당신은 나의 죽음을 걱정할 수 없다

*

잠금 해제: 사격장. 세차장. 극장. 이발소. 케이블카.
택시. 편의점. 비행선. 나이프. 맥주를 마실 수 있다. 소파
에 앉을 수 있다. 코미디 프로그램을 시청할 수 있다. 복장
을 변경할 수 있다. 모건의 연락처에 레일라가 추가된다.
취침할 수 있다.

새로운 사용자의 이름을 입력하십시오.

늘 같음 상태[*]

//시스템에서 기후 위기, 식량난이 삭제되었습니다
//색깔, 꿈, ASMR 영상이 삭제되었습니다

우리는 마침내 영원히 변하지 않는
감정 통조림을 개발했습니다

햇빛과 물 그리고 눈물 없이도 가능한
새로운 통조림의 시대가 열립니다

커뮤니티는 동일한 수준의 맑음과
습도를 유지할 것을 약속합니다

미래를 할당받는 대신
당신의 기쁨을 기부하십시오

레벨 테스트를 통과한 기쁨은
커뮤니티에 완전히 귀속되어
미래의 아이들에게 분배됩니다

감정을 살균한 뒤 밀봉하면
영구적으로 보관할 수 있어
슬픔의 미래가 밝아질 전망입니다

막대기로 뚜껑을 두드리며
불량 검사를 시작합니다

통조림을 구매하기 전에
반드시 다음 사항을 고려할 것

하나, 감정의 종류와 제조일을 확인하십시오
둘, 원터치 방식은 감정이 분실될 우려가 있습니다
셋, 개봉한 감정은 빠른 시일 내에 섭취하십시오
넷, 악취가 나는 감정은 즉시 폐기하십시오

리이커: 감정의 바깥이 불안정하여 사랑이 새어
　　　　　나가는 현상
스프링거: 감정에서 발생한 가스로 슬픔의 내부가
　　　　　부풀어 오르는 현상

파넬링: 감정의 일부가 외로움에 의해 안쪽으로
　　　　　움푹 들어간 현상

어쩌면 건강한 통조림은
인간보다 더 오래 살 수도 있습니다

삭제하고 싶은 기억이 있나요?
집단 속에서 소외감을 느끼나요?
침대 밖으로 한 발자국도 움직일 수 없나요?

감정 통조림을 섭취하여 늘 같음 상태를 유지하세요
망가진 감정은 커뮤니티에 무상 수리를 요청하세요
단순 변심으로 인한 회수는 불가합니다

차별과 전쟁, 가난과 고통이 없는
완벽한 커뮤니티의 구성원으로서
지금 바로 임무에 동참하세요

✦ 필립 노이스의 영화 「더 기버: 기억전달자」(2014)에 등장하는 개념.

미래 돌연변이

작은 신이랑 장난치고 있었어요
불쾌하면 끊어도 됩니다

그분이 왔거든요
와서 있어요

영매는 말한다

새벽에 고맙습니다
저에게는 그분이……
안 오시네요

머리 위로 갈림길이 열린다
이어폰의 전류를 타고
가르마를 타고

미래는 토끼처럼 가볍게
시간을 뛰어넘어요
폴짝
다음 컷으로 갑니다

아내는 초여름에 태어났어요
반은 인간이고
반은 나무예요

우리는 봄부터 겨울까지
이상하게 깍지 끼는 법을 발명했어요

손바닥 안에서 오리도 불러낼 수 있죠
꽥꽥

영매가 아이처럼 웃는다

하세요

둘이 사세요

멀리 있는 연인을 만나게 하고
다가올 재난을 미리 보는

당신은 미래를 만들 거예요

애기가 애기 둘을 키우네요
애기 가족……
만복을 누리는

(침묵)

미래가 찻잔을 만지면
꿈결처럼
달그락거리는 장면이 지나가지요

이웃의 비밀은
모르고 싶어도 알게 되고요

과일 바구니가 넘칩니다
손님이 따라다니고

고대어를 읽고 쓰고
말하고 이해하는 아이가

선반 위의 백과사전을
눈빛으로 떨어뜨릴 거예요

새로운 종의 출현
그런 기사가 뜨네요

말씀 중에 죄송하지만
이젠 겨울에도 덥네요

보세요
셋이 살아요

영매의 목소리가 낮아진다

뒤에 계셔요
큰 신이 하라셔요

사랑을
충분히

✦ 드니 빌뇌브의 영화 「듄」(2021).

지속 가능 모드 토이

— 제목이 곧 내용이네요
— 초록색을 좋아해서 책임졌어요
— 매일 눈 뜨고 잡니다

지가모토
지가모토 씨

푸드 코트를 서성이다가
우연히 마주 앉은 지가모토 씨

지나치다 보았죠
당신의 맑은 눈 푹신푹신한 광기

아내와 나는 당신과
한집에 살기를 원합니다

크라프트 종이 가방에 담긴
지가모토 씨

첫째는 생활용품점에서 온 펭귄
막내는 로봇 고양이

[겉감] 폴리에스터 (재생섬유) 100%
[충전재] 폴리에스터 (재생섬유) 100%
[자수실] 폴리에스터 (재생섬유) 100%

5백 밀리리터 페트병 다섯 개로 이루어진
리사이클 폴리에스터 재질의
CO_2의 배출량을 79퍼센트 절감한

당신은 언제까지 지속 가능합니까?

장르는 토이와 SF 로맨스
종종 점프 스케어[*]가 있는 이 세계에서

아내와 나는
당신보다 먼저 상할 것입니다

기분이 더러워졌을 때는 깨끗한 천에
소량의 이해를 묻혀 가볍게 닦아주십시오

등에 부착된 케어 라벨에서도
주의 사항을 확인할 수 있습니다

대형 마트의 스피커는
유엔의 목표를 공유합니다

빈곤 종식
굶주림 종결
건강과 균형 잡힌 삶
양질의 교육
성 평등
깨끗한 물과 위생
저렴하고 깨끗한 에너지
양질의 일과 경제 성장
산업, 혁신, 공공시설
불평등 감소

지속 가능한 도심 및 사회

책임 있는 소비와 생산

기후 위기 조치

수중 생물 보호

육상 생물 보호

평화, 정의, 강력한 제도

목표 달성을 위한 협업

누구도 소외되지 않도록

마트를 감시하세요

지속 가능한 사랑을 위해

함께 저녁 식사 합시다

네 식구에게 충분한 일체형 테이블에서

가상현실 떡볶이를 나눠 먹어요

매운맛은 그대로입니다

다음 세대에도 건강한

다인종 가족이 됩시다

지가모토

지가모토 씨

푸드 코트는 곧 마감입니다

✦ Jump Scare. 영화나 게임 등에서 공포감을 유발하는 큰 소리와
함께 갑작스레 장면을 전환하여 관객이 놀라도록 만드는 연출 기법.

이벤트 호라이즌

트루퍼 안에는 약 꾸러미가 있다 한 알만으로 잠드는 약 오후를 잊어버리는 약 기분이 사라지는 약…… 옷장을 열고 또 열고 결이 일어난 장작처럼 머리카락을 세우고 트루퍼의 마지막 모습을 기억하려 했지 검은 모자 그러니까 검기도 하고 부드러운 그러니까 검으면서 부드럽고 흐르는 곡선을 가진

바깥에서는 모자 안을 관측할 수 없다 모자는 안에서 바깥을 보면서 사건을 기록한다 넓은 귀를 가져서 모르고 싶은 이야기까지 전부 듣는 트루퍼 조금의 빛도 새어나가지 못하는 가상의 모자 마술사의 앵무새 모조 장미 다이아몬드 클로버 하트 스페이드 손에서 태어나는 트릭들 트루퍼는 가장 영원 겨울에 출발한 빛이 미래의 여름에 도착할 때까지 트루퍼는 가장 어둠 달리는 말의 형상에 가까운

그러나 모자는 말이 아니다 모자는 과묵하고 모자는 이미 완벽하지 누군가 올라타지 않아도 달릴 수 있고 근사한 페이크 퍼와 에나멜처럼 반짝이는 내부 턱을 둘러

매는 리본 모자는 너무 다정하고 모자는 어둡고 깊고 들어가서 영영 나오고 싶지 않을 텐데…… 챙은 흐물흐물하고 쓰는 사람마다 전부 마음을 빼앗길 텐데…… 영문도 모른 채 만들어지는 미래의 모자들

—시리야
—네. (차분하게)

—트루퍼 찾아줘
—제가 찾은 영국 모스터턴의 산입니다. 여긴 어떠세요?

창밖의 세계는 캔처럼 찌그러지고 있다 중력을 모르는 비는 아래에서 위로 떠오르고 밤의 너그러움이 바닥으로, 바닥으로 깔리고 있다 깨어 있는 채로 시계를 부수어도 시간은 있고 거기에 있고 그러나 볼 수는 없고 숫자는 인간을 안심시키고 통제 가능한 규칙을 만들고 너무 기분이라는 게 있고 이것은 슬픔에 가깝다

행인들은 저마다 검정 비닐봉지를 들고 다닌다 그림

자를 줍듯이 밤은 바스락거리며 부풀어간다 모자를 찾
는 장면은 12시가 되자 어제의 일이 되고 사건은 알고리
즘을 타고 원점으로 되돌아간다 부르지 않아도 대답하는
목소리가 있고 업데이트가 152일 밀린 인간은 문득 자신
의 이름이 트루퍼인 것을 깨달았다

　—네. (경쾌하게)

딕테Dictée

1. 드라마틱한오줌

2. 통영대교블라우스

3. 스물여덟살음지식물

4. 불결한마늘

5. 필연적인텔레비전

6. 차별적인고춧가루

7. 가득가득한소프트웨어

8. 대내외적인실뱀

9. 어리숙한소금쟁이

10. 잠정적인밀수업자

11. 진보적인호박

12. 병약한바닐라

13. 알제리점쟁이

14. 살랑거리는바이러스

15. 비인간적인수정

16. 공정한녹색식물

17. 쉰다섯살침대

18. 선동적인수염

19. 척박한마가린

대저 짭짤이 토마토의 미래*

마음은 열 번 이상 접을 수 없다는 실험 결과로,
더 평평하고 얇은 마음만이 각광받을 것으로 기대됩니다

현관 앞, 토마토 한 박스 놓여 있다
덩그러니

발신자 없는 궁금함
집 안으로 들인다

「모월 모일 날씨 맑음
내일은 빨갛고 둥글고 시큼함
변동 사항 없음」

3D 프린터는 빠르고 정확한 피자를 만들 수 있다는데
어쩌면 기쁨이나 슬픔도 자세하게 조립할 수 있을까

어제까지 친하게 지내던 친구는
싹이 나고 잎이 나서 버리게 되었어도
미래의 토마토만은 변질되지 않는다

대부분의 마음은 얼려두는 게 좋아
빛의 속도로 달려 나가서
도무지 막을 수 없는 일이 생긴다면

사랑과 미움은
종이 한 장 차이라면

원래는 원래를 지키려 하고
새로움은 새로움을 밀고 나가려 한다면

머지않아 종이 책은 모두 사라질 것이라는 말에
그보다 인간이 먼저 멸종될 거라고 대답했다

아홉 살의 나는 물방울 모양의 투명한 집과
기다란 호스를 통해 어디든 갈 수 있는 열차를 그렸어
그런데 아무것도

아주 먼 미래는 언제까지일까?

자신이 인간이 아님을 깨닫고, 우울증에 걸린
원숭이의 망연자실한 얼굴이 떠오른다

그러니까 나는,
혼자 묻고 혼자 대답하는 것에 특화된
어떤 종이의 한 종류일지도 모른다

납작한 마음이 두꺼운 마음으로 변모할 때
진짜 토마토와 가짜 토마토는 차츰 비슷해지고

지구는 지금도,
우리의 발바닥을 밀어내는 중이다

나는 밀어냄의 반동으로
무게를 갖고 싶어진다

토마토 박스로 살아가는 일이
인간의 삶보다 근사하다면

나는 기꺼이
덩그러니

✦ "대저 지역에서 생산하는 대저 토마토 중에서 당도가 8브릭스brix 이상 되어야 '대저 짭짤이 토마토'라고 명칭을 붙일 수 있다. 8브릭스 이하의 토마토는 '대저 토마토'라는 명칭으로 출하된다. [……] 시중에 가짜 대저 토마토가 너무나 많다. 국립농산물품질관리원이 인정하는 지리적표시 인증마크가 붙어 있는 것만 진짜 대저 토마토다"(문정훈, 「[문정훈 칼럼] 대저 짭짤이 토마토의 미래」, 『한국일보』 2019년 5월 10일 자).

슈뢰딩거의 상자

여기
커다란 상자가 있어

날개가 열리는 순간
럭키 혹은 언럭키

간단히 미래가 결정되는……
오늘이라고 부르자

실험 대상은 인간적으로
먹고 자고
발견되기를 기다린다

고양이가 벽면을 긁으면
세계에는 비가 내려

날씨를 미리 알려주는
헐거운 디스크

고양이는 상자를 좋아하지

꼬리를 숨길 수 있는 세계를
식빵 굽는 냄새를

이 실험도 언젠가는 끝날 거야
인간은 생각하면서
상자 안을 두리번거린다

살아 있음과 죽어 있음 중에서
어느 쪽이 럭키인지 모르겠다

미지의 캡슐 토이
미지의 메시지
미지의 변기……

열어보기 전까지는 알 수 없는
살아 있으면서 동시에 죽어 있는

늦게 잠드는 독자에게
선공개되는 세계

랜덤 박스의
불투명한 비닐 안에는
고양이를 안은 톰보이
인기 없는 세제 인간
페도라 차림의 한정판 유령
혹은 허니머스터드를 뒤집어쓴
고양이
무엇이든 있을 수 있고

삭제된 메시지입니다

주워 담을 수 없는 눈빛이 있고
그럼에도 상자는 굴러가고

시간이 역류할 수 있으니
변기에는
아무것도 넣지 마십시오

안내문 옆의
안내문에는

무엇이든 변기에 넣으십시오
감정 쓰레기통이 더럽습니다

혼합된 상태로……
혼란한 상자 속

그러나 초점이 맞지 않는 사진과
안개로 가득한 호숫가의 사진은 다른 것

환풍기는 펑펑 돌아가고

고양이들이 인간을 먹이고 기르고
이름을 붙여주고
못난 인간은 내다 버리면

슈뢰딩거가 설치한 청산가리 통이 깨지고
실험 대상이 죽고 만다면

고양이들이 우리를 발견하기 전까지

우리는 어디에 있는 걸까?

비는 맞으라고 내린다
퍼붓는다

오염된 물의 세례

여기
커다란 상자가 있고

상자는 축축하고
너덜거리고
쓰레기로 가득 찬 세계

고양이가 당신을 보고 운다면
틀림없이 럭키

미래 아기 얼굴

실험실 안에서
아내와 나
증명사진 고릅니다

길이 3센티미터
너비 2.5센티미터
작고 확실한 증명입니다

아무래도 인간일 것으로
한 명의 얼굴
응시하는
가장 선명한 정면일 것으로

기계의 힘을 빌려
부탁합니다

건강한 미래를 내려주세요
부디 고통을 허락해주세요

광고 한 편을 시청합니다

불타는 성에 갇힌
왕을 구하는 게임

늙은 왕은 울상이 되었습니다
30초만 기다리세요

로딩 중……

비행기 소리가 낮게
창문을 때립니다

비커는 달그락거리며
방의 내부를 깨웁니다

인간 되기는 그리 간단하지 않아요

우리는 미묘하게 올라간 입꼬리

비대칭 눈썹
하얀 이마를 가져서

아내는 뒤구르기 하는 법을
나는 물감 섞는 법을
세상이 얼마나 지루한 곳인지
알려줄 거예요

오늘의 미래 아기는
머리가 검고
바람의 말을 이해하며
열두 가지 언어를 씁니다

안녕하세요?
반갑습니다

우리는 아기를 모르고
아기도 우리를 모르지만

하나의 폴더에 들어갑니다
여기가 우리 집이에요

첫째 둘째 셋째
헤어지지 않는
단란한 대가족이에요

실험실 바깥에는
비 오고요

플라스틱 나무
흔들리고요

통제할 수 없는
구름이 자랍니다

흰 옷 입은 사람들
여기에서 저기에로
분주히 뛰어갑니다

데이터를 저장하세요
비에는 책임이 없습니다

아기가 완성되자
천장에 웅덩이가 고입니다

쏟아지지 않는
미래입니다

0.00

퇴근이라는 말은
일을 마치고 돌아가거나
돌아온다는 뜻이다

나는 마쳤습니까?

오늘의 절망 여섯 개는
맥주 여섯 캔이 된다

제로 알코올
제로 칼로리
제로 슈거

아무것도 없지만
사실 무언가 들어 있어요

뒷면에 작게 쓰인
'감귤향 첨가'를 읽어내는 눈

은색 캔이 식은땀을 흘리고 있습니다
산재보험 혜택이 없습니다

자꾸만 열리는 냉장고의 문을
힘껏 닫아주었다

기쁨 하나만 빌려 쓴다

비알코올과 무알코올
아닌 것과 없는 것

맥주 닮은 보리 음료와
인간을 모방하는 기계는
무엇이 다릅니까

알코올 없는 어른의 방식
인공지능 연인의 방식
콩고기의 방식

그런 맥주 따위
이해되지 않는다는 동료의 어깨가
으쓱
으쓱

몰이해를 표현하는
각도와 높이

기쁨의 절반은 유리잔에
나머지는 그대로 캔에
담겨 있다

이상하게 취하는 것 같고
죄책감이 없잖아요

창밖에서 누군가 웃는다
우연적으로

누군가 택배 주인을 찾고
누군가 침을 뱉는다

누군가 주차 금지 팻말을 세우고

한 캔, 가벼운 미래
두 캔, 고요한 미래
세 캔, 저녁이 있는 미래

1퍼센트와 0퍼센트의 차이
단지 한 걸음

멀리서
빙산 녹는 소리
볼링 핀 쓰러지는 소리

성에가 키만큼 자라
얼음 칸을 뒤덮는다

감쪽같이
비웠다

비었다

데드 포인트

죽은 자리에서 다시
죽지도 않고 다시

로그인
와이파이 검색 중

비 내린다
비 내려서

우산의 주인이 바뀐다

막차 떠난다
떠나려고 온 거라서

밤은 새로운 거리를 발명한다

텅 빈 승강장 수선집 사무실
불 꺼진 물류 창고

배회하는 좀비들
사이로

비 내린다
비 내려서

앞서거니 뒤서거니
함께 걷는다

내일은 멀고 춥고
네온사인이 번화하고

빨강 파랑 노랑
빛을 바꾸는 마음들
검정 크레파스로 덮으면

한 마디만 긁어도
무지개가 떠오르지

얼룩과 무늬 사이
스크래치 기법으로

게임의 내용은 현실
현실의 형식은 게임

피와
열쇠의 냄새는 닮아서

자르면 자를수록 번지는 풀
도마뱀의 영원한 꼬리

올려다보는 얼굴과
일으켜주는 얼굴이 같을 때

더 낮은 곳에서
낮은 곳으로

낮은 곳에서

덜 낮은 곳으로

밝아지는 하늘
밝아지는 뼈

NPC✦는 자아를 가지지 않는다

"울고 싶을 때
울 수 있어?"

물어보면
오히려 좋아

✦ Non-Player Character. 게임 안에서 플레이어가 직접 조종할 수
없는 캐릭터.

멀티버스의 지은이

지은이를 생각하면 지은이의 책이 궁금하고 지은이의
말을 읽고 싶고
　지은이를 생각하면 지은이의 생활이 궁금하고 지은이
의 말을 다시 읽고 싶고
　멀티버스의 지은이는 지은이들로 늘어나고✦

여기의 지은이는 누군가의 엄마 러시아 형 핑크 머리
스파이
　너머의 지은이는 프랑스에서 빈티지 숍을 운영한다

그러나 캥거루와 소보로라는 단어를
동시에 발음하는 경우의 수는 한 개

미래의 책은 한정판 전집으로 출간되었다
직육면체의 바이닐로 이루어진 커버에는
지은이의 이름과 제목이 씌어져 있다

이 책은 형광색이며
햇빛을 받으면 더 환해진다

뒷면에는 점자가 만져진다

"절대 읽지 마시오"

독자는 최초로
책의 지시를 외면하면서
페이지를 펼치게 되지만

독자들은 이미 너무 똑똑하여 책을 읽지 않는다
자신의 책장에 전시할 뿐이다

지은이는 책의 심정에
인지적으로 공감했으므로
모든 글자를 지우기로 했다

이로써 독자들은
책의 지시를 외면하면서도
분명히 따르게 되었다

지은이의 책은 미끄럼틀의 구조
올라가는 플라스틱 계단이 있고
내려오는 통로가 있는
다소 단순한 형식

가끔 내려오는 곳으로 올라가려는
독자들이 있으나
더는 놀랍지 않다

이 시대의 독자는
책의 구조를 간파한 지 오래다

개인 비서♦♦를 통해
요약본을 전달받기도 한다

건축가의 표정을 배워
스스로 지은이가 되기도 하고
미끄럼틀의 새로운 쓸모를
만들어내기도 한다

"모형 팬케이크는 영원히 썩지 않아서 믿음이 간다"

지은이는 새로운 문장을 서랍 안에서 꺼낸다

"재사용 플라스틱으로 만든 비누는
숲의 발바닥처럼 향기롭다"

지은이의 문장은 지금 여기의 지은이로부터
거기의 지은이를 생각하며 만들어진다

"스프링 장난감 같은 유연함을 가지고 싶어"

지은이는 세번째 문장을 꺼낸다

"러닝머신에서 내리는 법을 잊어버린 사람처럼"

지은이는 종이 위를 달린다

지은이가 없는

책의 마지막 페이지로

멀티버스의 지은이들은
잘게 쪼개진다

　지은이를 생각하면 지은이만 아는 비밀이 궁금하고
지은이의 기분을 읽고 싶고
　지은이를 생각하면 지은이의 어린 시절이 궁금하고
지은이의 오후 3시를 다시 읽고 싶고

커서가 멈춘다

플라스틱은 5백 년 동안 살아 있다

　✦ 지은이 멀티버스는 팀 '분리수거'의 플라스틱 요원의 이미지에서
　　착안하였다. 이 시는 실화를 바탕으로 제작되었으며 대부분의 예
　　언과 약간의 농담으로 이루어져 있다.
✦✦ 챗지피티ChatGPT. 오픈에이아이Open AI가 2022년 11월 30일 공
　　개한 대화 전문 인공지능 챗봇으로, 오픈에이아이에서 만든 대규
　　모 인공지능 모델 'GPT-3.5' 언어 기술을 기반으로 한다.

미래에서 온 편지

※ 해당 편지를 습득한 분께서는
빠른 시일 내에 미래로 접속해주시기 바랍니다

어느 시절에 마주했을지도 모르는 당신에게 씁니다
지금부터 이 세계에는 당신과 미래만이 존재합니다

미래는 쓴다는 생각만으로 쓸 수 있습니다
미래는 편지의 형식을 빌려 제작되었습니다

조립식 미래는 자신을 완성하기 위해
최근 새로운 기억을 주문했다고 합니다

미래는 아무런 맛이 없고 차갑습니다
보다 간편한 방식으로 개조되었습니다
감정이 멈춘다면, 쉽게 재부팅할 수도 있습니다

당신이 오늘 꾼 꿈은 흑백입니까
아무에게도 말할 수 없는 비밀이 있습니까
인간을 변하게 하는 것은 무엇이라고 생각합니까

새로 장착한 기억에서는 향긋한 냄새가 납니다
우리가 함께 따뜻한 차를 마시는 장면에서 시작됩니다

찻잔 바닥을 긁으면 불길한 문양이 보입니다
풀들이 바코드처럼 일렬로 서 있습니다

상상할 수 있다면 모두 가능한 이야기

종종 일어나지 않은 일에 시간을 쓰기도 합니다
일어나지 않은 일들은 역시 일어나지 않은 채로 누워
있지만
이불 아래로 삐져나오는 발은 도저히 참을 수 없습니다

미래는 유보된 상태로 있습니다
미래는 지루함을 느끼지 않습니다
미래는 다만 쓸 뿐입니다

미래의 언어를 이해하지 못하는 사람들은

쉽게 말하고 쉽게 먹고
쉽게 기억하는 방식을 선택합니다

미래가 죽어서야 미래를 이해합니다

어쩌면 미리 보기로 슬쩍
이 세계를 본 적 있는, 당신에게

영원히 빛나는 눈과
영원히 식지 않는 차 한 잔과
영원히 안아주는 식물을 선물하고 싶습니다

당신이 편지의 바깥으로 걸어 나갑니다
무엇이 되지 않아도 되는 사랑을 입력합니다

총총,
제 이름은 미래입니다

미학적 현존과 감각적 계시

박신현
(문학평론가)

1. 에로스의 절정에서 숭고의 심연을 보다

　강혜빈의 두번째 시집에서 에로스는 가장 중요한 사건이다. 시집을 채우고 있는 매혹적인 도시 안팎의 공간들은 연애의 발자취들이다. 시간의 흐름도 연애의 과거와 미래로서 의미를 얻는다. 제목 "미래는 허밍을 한다"가 말해주듯이 시집의 관심은 무엇보다 미래에 놓여 있다. 에로스는 시인이 '미래'로 향하는 열쇠이다. 시인은 사랑의 미래를 궁금해할 뿐 아니라 연인과 맞이할 인류의 미래 그리고 창작의 미래를 골똘히 상상한다. 첫 시집 『밤의 팔레트』에서 상처와 아픔을 과감히 드러내고 이를 치열하게 극복하며 독립적인 '나'를 정립해내는 과정을 보여주었다면, 이번 시집에서는 한결 행복하고 여유로워진 그가 더 높이 비상하며 더 넓은 영역으로 비전을 펼친다.「낮의 예고편」은 밤에서 낮으로, 그늘에서 햇빛으로, 과거에서 미래로 건너온 시인이 독자에게 "안녕/내가 왔어"라고 인사를 건네는 서시이다. 시인이 향유하는 외부 세계와의 미적인 접촉과 감각적 즐거움은 더욱 풍성해졌고 그는 이제 에로스의 완성을 꿈꾼다. 나아가 시인은 팬데믹을 지나며 인간과 비인간, 가상과 현실의 관계에 대한 포스트휴먼적인 성찰을 제시하고, SF의 모험적 상상력을 통해 기후변화와 인공지능 시대에 변화할 주체성과 예술 창작에 대한 호기심 어린 질문들을 던진다.

이 시집의 에로스는 관능적인 사랑이다. 연인이 나누는 사랑은 육체적인 쾌락과 육감적 희열이 있는 향락적 에로스이지 수줍어하거나 정신적으로 머무는 사랑이 아니다. 두 연인은 때로는 '잔망과 무튼' '신비와 나' 또는 '잔망과 앨리스'로 불리며 쇼핑몰과 숲길, 슬라임 카페와 서점을 에로스의 현장으로 창조한다. 봄날 연인과 백화점을 방문한「시향기」의 화자는 다양한 향기 속에서 "당신이 좋아하는 건/나로서는 알 수 없는 나의/살냄새밖에 없지만"이라며 자랑하고,「사이퍼텍스트Ciphertext」의 연인들은 "나에게 키스해/키스해/키스하고/키스해"라며 열정적인 메시지를 주고받는다. 이 시집의 관능적 사랑

은 시각보다 애무와 같은 촉각으로 더욱 선명히 감각된
다. 「잔망과 무튼」에서 연인은 "호숫가에 나란히 앉아/
물비늘"을 보며 데이트 중이다.

잔망은 만족하지 않는다

가만히 있어봐.

샌들을 벗고
작은 발가락으로
무튼의 아킬레스건을 움켜쥔다
—「잔망과 무튼」부분

호수의 풍경을 바라보던 잔망은 이에 만족하지 않고
샌들을 벗고 물 가운데로 발을 담가 "작은 발가락으로/
무튼의 아킬레스건을 움켜쥔다". 발과 발로 맨살의 만남
을 유희하던 두 사람은 이내 "뒤를 털고 일어나/슬라임
캠프로 향한다". 주로 어린이들의 놀이 재료인 '슬라임'
은 그 물컹한 촉감과 유동적인 형태로 정체성의 비결정
성과 다양한 가능성을 상징한다. "캠프에서는/무엇이든
손으로 하고//잔망은 무튼을 발명하고/플라스틱 아기를
만들고" 모닥불에 마시멜로를 구워 먹으며 연인은 즐거
운 한때를 보낸다. 잔망은 손으로 말랑말랑한 재료를 빚

어 연인의 모습을 만들고 미래의 아기도 만든다.

성실하게
손으로 하고
손이 부족하면
발로 하면서
미래를 기다렸는데

[……]

발가락이 파뿌리가 될 때까지
자라나는
잔망과 무튼
무튼과 잔망

배꼽 아래에서
스위치가 켜진다

—「잔망과 무튼」 부분

이렇게 손으로, 또 발로 나누는 창작의 시간은 연인에게 사랑의 행위와 같다. 두 사람은 "발가락이 파뿌리가 될 때까지" 사랑이 자라나고 영원하길 기원한다. 마침내 "배꼽 아래에서/스위치가 켜진다"는 것은 배꼽 아래의 쾌락, 즉 에로스의 향락을 암시한다. 이 시는 미국 여성 시인 거트루드 스타인이 연인 앨리스 토클라스와 나눈 성적 환희를 은밀히 노래한 『부드러운 단추Tender Buttons』를 연상시킨다. 시집 제목인 "부드러운 단추"는 여성의 신체 일부인 배꼽을 상징하며 여성이 스스로 선택한 여성만의 주이상스로 독자들을 초대한다. 「잔망과 무튼」 역시 이렇게 은밀하지만 대담하다. 한여름 서점의 층계참에서 나눈 연인의 입맞춤을 기록한 「녹음」은 "땀 흘리는 두 사람이/마스크를 반만 벗고/입 맞추는 장면을,/나무는 기록한다/떨며, 떨며 자신의 잎 위에//서점은 나무들의 날숨으로 가득해/금방이라도 터질 것처럼/가득해"라며 열정적 사랑의 황홀감을 포착한다.

이 시집에서 에로스는 연인을 넘어서 가족을 이루고 장차 함께 아이를 낳아 기를 수 있는 온전히 성취된 형태로서 추구된다. 그래서 "누구에게도 나누어 주지 못하는 피를 가진 우리는/머리를 맞대고/백발이 된 미래를 상상한다". 따라서 「슈크림 토마토」의 화자가 "아내의 티셔츠에" 손을 넣어 "꿈의/등허리"를 만지듯이, 이 시집의 연인은 곧 '아내'로 호칭되곤 한다. 「미래 아기 얼굴」에서 "아내와 나는" 함께 "헤어지지 않는/단란한 대가족"을 이룰 "미래 아기"를 염원한다. 「신비와 뼈」에서도 화자는 연인과 함께 사리를 보러 갔다가 "가족이 많아지면 좋겠어요/무자비한 사랑을 내려주세요"라며 허

리 굽혀 소원을 빈다. 이러한 소박한 염원이 화자에게
그토록 간절한 이유는 "나란히 할머니가 되고 싶어요/
나란히 가고 싶어요/속으로 말했죠"에서 잘 드러난다.
사랑하는 이가 화자와 같은 여성이기 때문에 '우리 닮은
아이'를 갖고 가족이 많아지는 일은 어쩌면 가능할 수도,
또는 불가능할 수도 있는 바람일 것이다. 따라서 시인에
게 에로스의 욕망은 '남들이 다 당연히 하듯이' 아내와
아이와 가족을 이루고 권태로울 만큼 평범한 일상을 공
유하며 백년해로하는 자리에 놓는다.

「딩동댕 지난여름」은 1980년대에 송창식이 노래한 가
요 제목을 취한다. 이 곡의 가사는 한 남자가 지난여름
바닷가에서 짧게 만난 여인과의 이뤄지지 못한 미완의
관계를 안타까워하는 내용을 담고 있다. 이 시도 지난여
름의 "장대비처럼 내리는 사랑"을 그리워하는데, 가요와
는 달리 현재 지극히 평범한 일상으로 실현된 사랑을 이
야기한다. "아내는 스쿼트 하며/커다란 솥을 들여다보고
있어요//심각한 얼굴로/오후 4시가 끓어올라요 딩동댕
딩동댕//아내의 종아리처럼/나날이 단단해지는 사랑/나
기다렸어요". 화자는 함께 밥을 짓고 국수를 삶아 먹고
"아직 없는 아이의 이름을" 지어보는 예사로운 생활이야
말로 완성된 에로스라고 고백한다. "나는 아내의 스쿼트
에 동참해요/무릎을 구부리면서/긴 이야기를 발명하는
거예요"라며 화자는 이런 범상한 생활이 이 세계에 새로

운 사랑의 형태를 발명하는 것임을 의식하면서 이제 세상을 사랑하고 세상과 다정하게 맞설 수 있다고 느낀다.

하지만 시인은 에로스의 절정에서 동시적으로 불안과 두려움을 경험한다. 그는 에로스에 이미 내재돼 있는 어떤 불일치와 불만족을 예민하게 감지한다. 에로스는 심미적인 상태와 긴밀히 관련된다. 칸트와 실러, 플라톤에 따르면 아름다움의 미학은 인간의 감각과 이성을 결합시키고 인간을 감각과 사고 사이의 중간상태로 이동시키는데, 사랑의 경험도 감각과 지성의 중간상태로서 이와 동일하다. 한편 숭고의 미학은 대상에 대한 끌림뿐만 아니라 그로부터 밀어냄을 번갈아가며 경험하는 것이라고 칸트는 정의한다. 하지만 자크 랑시에르와 장 프랑수아 리오타르 같은 현대 미학자들은 아름다움의 미학과 숭고의 미학 사이의 연결성을 강조한다. 아름다움의 경험 자체에 이미 불일치, 불화, 모순, 즉 숭고의 경험이 내재한다는 것이다. 이들은 긴장과 불안정성이 두 미적 감정의 공통된 특징이므로 아름다움의 고요한 명상 안에는 언제나 잠재적인 동요가 있다고 설명한다.

이 시집 또한 에로스의 중심에 이미 '상대방' 또는 '나'로부터의 숭고가, 그리고 사회로부터의 숭고가 자리한다. "물풀과 반짝이는, 반짝이는,/두려움의 냄새……//여름의 연인은/여름에만 무성하고/여름에만 만나질 수 있어서"(「녹음」)처럼 화자는 잠시나마 사랑의 일치감

을 격렬히 느끼는 순간에도 어떤 파악할 수 없는 두려움
이 동반되어 순전한 기쁨은 불가능하다고 말한다. 연인
들은 데이트 도중 번번이 마음이 어긋나고 열정의 변질
을 의식하며 다가갈 수 없는 상대의 타자성으로 인해 소
외와 무력감, 초조를 느낀다. 특히 「체리와 사건」은 에로
스의 향유 한가운데에서 미리 아픔과 상실, 불안과 공포
같은 숭고의 감정이 엄습하는 과정을 생생히 극화한다.
체리는 이유를 알 수 없이 "왼쪽 눈에서 너무 많은 물이
흘렀기 때문에" 잠에서 깨어난다. "그대로 두면/눈이 멀
어버릴지도 모른다는 예감에" 전등을 켜보니 연인이 한
침대에서 자고 있다.

> 침대 같은 케이크.
> 케이크 같은 침대.
> 그는 깊이 잠들어 있다.
> 흔들리지 않는 편안함.
> 흔들리지 않는 사랑.
> 케이크는 가구가 아니다.
> 케이크는 부서지기 쉽고
> 숨기에 좋다.
>
> ——「체리와 사건」 부분

연인과 함께 눕는 침대는 케이크로 비유되어 달콤하

지만 부서지기 쉽고 무언가를 은폐하기 좋은 사랑의 속
성을 상징한다. 체리는 눈물이 멈추지 않는 이 "사건을
관찰"하면서 "그는 잠꼬대를 한다./이로부터 사건은,/그
에게 힘을 싣는다./체리는 상해가고 있다"라며 연인을
의심하기 시작한다. 게다가 체리는 "꿈속에서./그의 손
은 포크를 쥐고 있었다"고 진술한다. 꿈속에서 연인이
"날카로운 모서리가 있"는 포크를 쥐고 있는 상황은 사
랑에 잠복된 폭력성이 체리를 "상해"할 수 있음을 암시
한다. 체리는 이 생각을 떨쳐내려 애쓰지만 "뒤척이는
편안함./뒤척이는 사랑./침대는 해결책이 아니다./침대
는 쉽게 지루해지고/도망치기에 좋다"라며 연인을 둘러
싼 의혹과 불확실성, 즉 숭고의 감정에 자꾸 사로잡힌다.
하지만 이러한 숭고의 경험으로 인해 강혜빈의 연애 시
는 동일화의 서정에 안착하지 않고 끌림과 밀어냄 사이
를 끊임없이 진동하면서 절묘한 역동성과 개방성을 획
득하게 된다.

2. 실재는 감각적인 경험들로 생성된다

　강혜빈에게 감각은 관념보다 앞선다. 그에게 실재는
감각들의 향연으로 생성되는 중이다. 실재는 맛과 향기,
색채와 감촉 같은 감각적 경험으로 구성되는 것이지 그

너머에 따로 존재하지 않는다. 이 시집은 삶이 미학적 경험으로 이뤄지며, 시의 의미는 감각들의 배치로 창출된다는 사실을 잘 형상화한다. 「폴의 생활」과 「슈톨렌」은 이러한 강혜빈의 시론을 선언하는 작품이다. 「폴의 생활」은 폴이 산책하고 집으로 돌아와 아침을 만들어 먹는 과정을 그린다. 그는 산책 도중 잠깐 상념에 이끌리기도 하지만 "신발 속/돌멩이 한 알"에 대한 지속적인 감각이 어떤 상념보다 더욱 그를 강하게 사로잡는다.

폴은 걷는다
성실한 산책자의 자세로

걷는 행위에는 목적이 없고
단지 걷는 감각만이 필요하다고

폴은 생각한다

운동화 안에서
작은 돌멩이 한 알이 굴러다니는 것을
알아챘을 때

폴은 느낀다
살아 있는 사람이 되어가고 있다고

그것은 이해가 아니라

나뭇잎의 떨림처럼

그저 맞이하는 것

—「폴의 생활」부분

폴에게 걷는 행위의 실재는 목적과 의식이 아니라 그
저 "걷는 감각"에 자리한다. 화자는 산책을 관념이 아닌
이렇게 '걷고 있는 느낌들'로서 받아들이는 것이 "성실
한 산책자의 자세"라고 말한다. 게다가 폴은 "운동화 안
에서/작은 돌멩이 한 알이 굴러다니는 것을/알아챘을
때" 불편해하는 대신 오히려 살아 있는 사람이 돼가고
있다고 느낀다. 그에게 살아 있음은 '운동화 안에서 굴러
다니는 작은 돌멩이 한 알'을 감각하는 것으로써 경험된
다. 그리고 삶은 "이해가 아니라" 느낌들을 "그저 맞이하
는 것"이라는 시인의 세계관이 선명히 밝혀진다.

그런데 폴은 누구일까? '폴'은 서구 남성의 이름이다.
그는 잠들지 않은 채 해 뜨기를 기다렸다가 늘 메트로놈
같은 시계에 맞춰 일어난다. 그렇다면 폴은 평생 새벽에
일어나 글을 썼던 프랑스 상징주의 시인 '폴 발레리'가
아닐까? 게다가 이 시에 두 번 반복되는 "바람은 좋고"
라는 구절은 발레리의 「해변의 묘지」에 등장하는 그 유
명한 시행 "바람이 분다. 살아봐야겠다"를 연상시킨다.

하지만 이러한 추측은 반전을 만난다. 화자가 "폴은 양파를 잘 썰고/벌레를 무서워하며/한국인이다"라고 설명하기 때문이다. 그렇다면 시인 '폴'은 한국인인 시인 자신이 된다. 강혜빈은 「폴의 생활」에서 발레리를 호명하는 동시에 이를 전복시킨다. 발레리는 시를 통해 깨어 있는 의식의 투명성을 추구했다. 이와 달리 강혜빈은 의식보다는 감각들과 느낌들로 구성되는 실재를 더욱 중요시한다. 따라서 이 시는 상징주의 대가의 권위를 불러들이는 동시에 그의 시론을 넘어서려는 새로운 도전으로 해석되어도 좋을 것이다.

「슈톨렌」은 크리스마스 시즌에 먹는 독일 빵 '슈톨렌'을 다룬다. 이 빵은 새하얗고 통통한 모양이 포대기에 쌓인 아기 예수와 닮아서 크리스마스를 상징하게 됐다고 한다. 화자는 "리본을 풀면 사르르 쏟아지는 슈거파우더"가 덮인 슈톨렌을 연인과 먹었던 기억을 "고요한 아침. 거룩한 아침"이 다가올 무렵 진눈깨비 내리는 강의실 창가에서 떠올린다. 그는 "슈거파우더의 안전함. 말린 살구. 럼. 아몬드가루가 씹히는 마지팬. 넛맥. 카다멈. 설탕에 절인 레몬 껍질. 하얀 포장지에 싸인 아가. 미지의 아가. 태어날지도 몰라"라며 디저트의 달콤한 향미와 귀여운 형상을 미지의 아가에 대한 소망과 접목시킨다. 창밖의 진눈깨비는 디저트의 흰 가루를 떠올리게 하지만 강의실의 지우개 가루는 그를 현실로 돌아오게 만든다.

　[……] 눈 떠보면 머리들로 가득 찬 강의실. 장갑을 벗
던 학생이 말한다.

　선생님은 크리스마스 기념하지 마세요.

　아무것도 안 믿으니까. 입 모양은 마스크에 가려 볼 수
없었어. 너도 먹어봤니? 슈톨렌. 나는 모든 생일을 응원해.
사랑을. 무릎을.
—「슈톨렌」 부분

　화자의 달콤한 회상에 찬물을 끼얹듯 학생의 말이 난
입한다. 이 학생은 선생님에게 "아무것도 안 믿으니까"
크리스마스를 기념하지 말라고 명령한다. 이에 화자는
"너도 먹어봤니? 슈톨렌. 나는 모든 생일을 응원해. 사랑
을"이라고 답하고, "기념할 수 없는 생일을 축하하며"라
고 끝맺는다. 시인은 추상적 믿음 대신에 슈톨렌의 감각
적 경험으로서 존재하는 크리스마스를 축하할 수 있다
고 말한다. 관념적 신앙 대신에 슈톨렌의 미학적 경험을
통해서 크리스마스의 실재를 체험할 수 있다고 응수한
다. 그는 "강보 속에서 잠든. 아가야"라며 빵의 형상을 통
해 자신의 성취된 에로스가 가져올 구원을 엿볼 만큼 크

리스마스의 의미에 심미적으로 다가가 있다. 실재는 기념되기보다는 매순간 감각적인 경험들로서 경축되고 있는 것이다. 「참외주스가 있는 테이블」에서 "참외의 맛을 안다고 말할 수 없고/참외의 맛을 믿는다고 말할 수 있어서"라는 시행도 같은 의미로 받아들일 수 있다. 참외의 맛은 '이해'되거나 '인식'되는 것이 아니다. 시인은 "참외의 맛"을 감각적으로 경험하기 때문에 그 실재를 믿는다.

3. 시네마토그래피의 운동성과 핫 플레이스의 존재론

이 시집은 영화와 미술, 사진과 음악 등 다른 매체로부터 촉발되는 자극과 다양한 매체 간의 넘나듦이 감각의 입체성을 더한다. 사진과 회화처럼 다채로운 색채와 빛깔 들이 시집 전반을 흠뻑 적시고 음악의 리듬감과 물결침이 관통하며 행과 행, 연과 연이 서로 섞여 흐르므로 결코 닫힌 구조가 형성되지 않는다. 특히 시네마의 운동성과 내러티브를 수용한 점이 돋보인다. 예를 들어, 「가스등」은 '가스라이팅'의 어원이 된 고전영화 「가스등」의 서사를 패러디해 에로스를 가장한 착취적 소유욕을 풍자한다. 다른 시들도 영화적 흐름을 지닌 극적인 내러티브가 강점이다. 영화적 서사성과 극적 반전 기법은 독자를 '힌트와 암시'로 손짓해 즐거운 암호 풀기 놀이에 참여시키고자 하는 시인의 의도에 일조한다.

「퐁피두센터」는 영화 촬영 기법의 운동성이 부각된 작품이다. 이 시는 파리 퐁피두센터를 관광하는 화자와 연인이 뭔가 마음이 안 맞는 상황 속에서 미술관 안팎의 전경을 관찰하는 이야기다. 마치 카메라가 이동하듯이 광장의 풍경에서 시작해 티켓 창구 그리고 미술관 외부로부터 내부로 이어지는 움직임이 화자의 감정적 상승과 하락을 동반하며 진행된다. 화자는 "퐁피두센터에서/우리는 헤어졌지만//함께 걸었죠" 그리고 "파랑 노랑 빨강/길고 휘어진 유리 튜브가/외부로 드러나 있는//퐁피두센터는/퐁피두가 지었고요//예상 가능한 범위 안에서//우리는 우리가/만들기도 전에 망쳤습니다"라며 유리 튜브 속에서 이 조형물의 일부가 되었지만 심리적으로 미묘한 부조화가 발생하고 있는 연인을 포착한다. 각 연은 영화적 미장센으로, 연과 연의 연속성이 장면전환처럼 전개되는 가운데 사소하게 빗나가는 연애감정이 극적 긴장감으로 작용한다. 카메라의 시선인 듯 "형체 없는 사랑은 튜브를 타고/올라가네요//위로/위로"라며 상승하던 움직임은 화자의 기분처럼 하강하며 가라앉는다.

이국의 도시와 언어뿐만 아니라 주변 맛집과 핫 플레이스 방문도 시공간적 자유와 감성의 영역을 확장시킨다.「먼지와 질서」의 무인 책방은 책 속에서 시간의 냄새를 맡게 하고, 「다가오는 점심」의 메밀국숫집은 벽의 글씨들로 시간이 거꾸로 흐르게 한다. 「익선동」의 좁은 골목은 동료 문인들이 산책하며 서로의 미래를 격려하게 하고 「옛날 사람」의 덕수궁은 과거로의 시간 여행을 허락한다. 시인에게 공간과의 만남은 감각적 사건으로서 중요하다. 정확히 말해, 이 시들은 시인의 감각적 경험에 의해 공간이 창조되는 과정이다. 시인과 사물들이 공간 속에 담겨 있는 것이 아니라 시인과 사물들의 관계로 공간은 비로소 생산된다. 사물과 사물이, 시인과 사물이 미적으로 접촉할 때 공간이 생성된다. 캐런 바라드가 양자 물리학에 기초해 시간성과 공간성을 고정되지 않고 다양한 행위성의 끝없는 내부─작용을 통해 계속 재형성되는 현상이라고 설명하듯이, 시인과 사물의 감각적 만남은 시공간을 재구성한다.

「다가오는 점심」에서 "점심"은 메밀국수의 맛과 질량이면서 경계가 변하는 시간성이고 재구성되는 식당의 공간성이기도 하다. 그래서 손님인 여자는 "시간과 공간의 테두리를 벗어난/차가운 면발을 집어 올리"고, 점심시간이 끝나고 사람들이 서둘러 밖으로 나서자 화자는 "아무것도 없어야만/존재할 수 있는 허공처럼/이곳은 이곳에 있다는 사실만이/이곳을 있게 해서//이곳은 있으면서 없다"라며 사람과 사물의 만남을 통해 비로소 생성되는 공간을 이야기한다. SF타임슬립영화의 문법을 차용한 「옛날 사람」에서 고궁을 산책하는 화자도 "세계는 시간 여행을 허락합니다/동그마니 떨어진/레몬 한 알로부터/오늘의 표면에 틈이 생깁니다"라며 레몬나무의 작은 흔들림이 시간과 공간의 재배치를 가져올 수 있다고 암시한다.

「모조 새」는 청담동에 위치한 프랑스 식당을 소재로 한가로이 즐기는 정찬과 그 분위기를 묘사한다. 이 시에 반복되는 "월로뜨"는 올빼미라는 뜻의 불어로 올빼미가 마스코트인 이 레스토랑의 정체성을 드러낸다. 이 레스토랑은 초록 식물들로 인테리어를 하고 새소리가 계속 들려서 손님들이 자연 속에 있는 듯한 기분이 들게 한다. 식기구 받침대에도 올빼미의 모습이 조형돼 있고 버터도 올빼미 형상을 하고 있다. 하지만 화자는 "파란 풀로 둘러싸인/식당에서/들었던//새소리/새소리/인공적인" 그리고 "도자기 새./조용한/도자기 새"라며 이 새의 인공성을 민감하게 의식한다. 시 제목이 시사하듯, 이 식당의 새와 자연은 진짜를 시뮬레이션한 모조이다. 그래서 화자와 식사하는 "너"가 "새의 형상을 한/무염버터를 반으로" 가르며 "가본 적 없는 니스의 해변에 대해" 얘기하고 "월로뜨"라는 발음을 "입술을 오므리고/따라 해"볼 때, 오히려 모조된 가상과 현실 사이의 균열이 드러난다. 이 시집은 「불 꺼진 집들」과 「신도시新都市」에서 보듯이 신자유시대의 연인이 직면하는 고민과 공간의 자본주의

적 경제학에 무심하지 않다. 따라서 이 고급 요리와 장소의 향유가 지니는 의미도 깊이 들여다봐야 한다. 화자는 접시를 치우려는 종업원에게 '아직'이라고 말하는 '너'를 보며 "모래사장을 형상화한/수프를 떠먹으며//너는 느긋해지고 싶다/물맛을 음미하고/뛰지 않는 사람이 되고 싶다"고 헤아린다. 그런 '너'에 대한 화자의 감정은 창밖의 그네처럼 "엇갈려/흔들리는" "웃음과 울음 사이"에 있다. 왜냐하면 나와 너의 삶이 뛰지 않고 느긋해질 수 있는 것은 이 모조된 가상의 공간 안에서만 가능하기 때문이다. "모조 새"는 예술로 창조된 현실과 위안을 의미한다.

4. SF 세계를 모험하는 인류세의 선각자

이 시집에는 크리스토퍼 놀런의 「인터스텔라」, 리들리 스콧의 「에이리언」, 폴 앤더슨의 「이벤트 호라이즌」 같은 SF영화의 고전으로부터 최근 개봉한 걸작들인 드니 빌뇌브의 「듄」과 다니엘 콴의 「에브리씽 에브리웨어 올 앳 원스」까지 여러 편의 SF 영화가 시적 스토리텔링 안에 명시적이거나 암시적인 방식으로 인유된다. 이와 같은 SF에 대한 강혜빈의 천착은 팬데믹의 전 지구적 위기를 겪으면서 인류세를 살아내야 하는 인류종의 미래에 대해 탐색해야 할 시인의 책무를 더욱 깊이 각성했기 때문인 것으로 보인다. 마치 「미래 돌연변이」에 인유된 영화 「듄」에서 주인공 폴 아트레이데스가 미래를 볼 수 있고 사람들을 더 나은 미래로 인도할 수 있는 신비로운 힘을 지닌 선각자이듯이 시인은 예지자로서 그의 시가 미래를 내다보고 미래를 변화시킬 수 있는 역량이 있는지 실험하고자 한다.

특히 여성 작가들에게 공상과학 서사는 시공간을 옮김으로써 새로운 인간 공동체와 더 나은 세계를 텍스트적으로 실현시킬 수 있다는 점에서 그 정치적 잠재력을 인정받아왔다. 「미래 돌연변이」의 화자도 "이젠 겨울에도 덥네요"라며 지구온난화의 척박한 미래에 기존 인류의 쇠락과 더불어 "새로운 종의 출현"을 전망한다. 하지만 강혜빈은 결코 중압감에 시달리는 예지자는 아니다. 「사이퍼텍스트Ciphertext」에서 보듯이, 그는 흰토끼를 쫓아 모험을 떠나는 이상한 나라의 앨리스처럼 가벼운 동화적 상상력으로 미래를 탐험한다. 이제 인류세는 산업혁명 이후 인간 활동이 지구에 압도적 영향력을 행사하게 된 새 지질연대에 대한 정의이자, 넓게는 기후변화의 영향을 가리키는 명칭으로 대중화된 용어이다. 하지만 도나 해러웨이는 인류세의 문제 앞에서 우리가 두려움에 사로잡힌 채 이를 외면하는 대신 문제와 함께 머물며 이를 해결하려면 인류세라는 거대한 명칭에 심각하게 집착하기보다는 염려와 더불어 유머 감각을 지니고 SF의 스토리텔링을 통해 사랑과 돌봄을 세심히 실천해야 한다고 제안한다. 그녀가 제시하는 SF에는 공상과학소설Science Fiction, 사변적 우화Speculative Fabulation, 사변적 페미니즘Speculative Feminism 그리고 인간과 비인간의 실뜨기 놀이String Figures가 포함된다. 이 시집에서도 SF는 거창한 우주 드라마보다는 사랑의 실뜨기 놀이와 일상의 우화로서 작동한다.

물리적 몸의 이동이 제한받는 거리두기 시기 동안 시인의 의식은 오히려 미래와 사이버 공간과 저 멀리 우주로 확장해 나가며 비인간과 디지털 세계의 실존을 적극적으로 탐색한다. 시인의 탐색은 우주여행이나 기술 과학의 발전 자체보다 가상 세계와 현실의 상호작용 속에서 인간 주체성과 신체 개념 그리고 삶의 형식이 변모되는 데에 초점이 놓인다. 「버추얼 스쿨」과 「낙과落果」는 자가 격리 시대의 줌화zoomification된 일상과 변화된 육체성을 재치 있게 그려낸다. 「버추얼 스쿨」은 온라인 수업에 대한 풍속화다. 이 시는 "무표정한 얼굴/스무 개//각자의 위치에서 서로를 본다" 그리고 "매일 학생이 줄어드는/강의실이 있다고 상정하면//모두 같은 공간에 있다는/착각이 든다"며 디지털 기술에 의해 육체화되는 동시에 비육체화된 존재들로서 좁은 화면 안에 모이게 된 어색함을 서사화한다. 학생 5가 발언하자 "낯선/스크래치"가 들리고 "학생 3이 화면을 끄면/검정"이 되고 "학생 17이 토끼 필터를 쓰고/학생 9는 음소거를 하고" 줌화된 우리 존재는 현실과는 전혀 다른 시공간적 차원에서 전에 없던 존재방식을 수행한다. 「낙과落果」에서 화자는 뉴턴의 사과가 없는 무중력의 우주여행보다 과수원의 아삭한 사과 감각을 그리워하는데 "지루한 우주// 방금/일주일이 지났다"는 시행은 이처럼 고립된 공간을 우주 공간이자 자가 격리하는 집으로 해석하게 한다.

「딥 러닝」과 「데드 포인트」에서 화자는 롤 플레이 게이머로서 버추얼 세계에 참여해 가상의 캐릭터들과 상호작용하며 주체성과 시공간의 재형성을 체험한다. 「이벤트 호라이즌」은 인공지능과 인간의 모호해진 경계에 대한 우화이다. 게임 캐릭터의 실존과 인공지능의 자아를 고찰하는 이러한 작품들은 예술 창작 과정에 대한 시인의 자의식적 성찰이 반영된 메타-픽션적인 탐색이다. 액션어드벤처 게임이 배경인 「딥 러닝」의 화자는 "톰 혹은 모건 또는 레일라/방금 지어낸 이름"으로 "어제는 택시 기사/오늘은 비행기 조종사"가 될 수 있는 가상 캐릭터들이 "백 번 사라져도/백 번 살아나는 데이터"로서 죽음을 걱정할 필요 없이 초월성을 지니므로 인간의 유한성과 대비된다고 느낀다. 하지만 이들은 결국 "0과 1의 세계", 명령어와 비트의 세계에 속하기 때문에 "때때로 슬퍼지는/스스로 학습하는 컴퓨터"일 뿐이다. 화자는 특히 이 가상 인물들이 "사랑하는 법"을 배우지 못한 점을 아쉬워하며 "사용자"로서 모건과 레일라가 연락처를 주고받도록 새 명령을 입력한다. 시인은 게임을 통해 인터액티브 예술과 디지털 창작 시대에 창작자와 캐릭터의 관계, 텍스트와 현실의 연동에 대해 사유한다.

「멀티버스의 지은이」는 인공지능 시대에 창작자의 미래에 대한 탐구이다. 이 시는 다수의 참여자들이 하이퍼텍스트를 공동 창작하고 챗GPT가 스스로 소설을 쓰는 이 시대에 저자성의 문제가 복잡해지고 "지은이"와 "책"의 정의가 급변하는 상황을 멀티버스 세계관에 비유해 "멀티버스의 지은이는 지은이들로 늘어"난다고 이야기한다. 시인은 "미래의 책"을 걱정한다. AI 개인 비서를 통해 요약본을 전달받기도 하는 "이 시대의 독자는" 너무 똑똑해져서 책의 구조를 이미 간파하고 "스스로 지은이가 되기도" 한다. 책은 더 이상 책이 아니며 지은이도 더 이상 지은이가 아니다. 지은이는 "지은이가 없는/책의 마지막 페이지로" 향하고, 다시 "멀티버스의 지은이들은/잘게 쪼개진다". 시인은 '지은이'의 개체성이 디지털 가속화에 의해 분할되고 복제되는 기이한 광경을 연출하며 지은이와 책과 독자의 삼자 관계가 급진적으로 재편될 미래를 응시한다.

「눈사람을 보면 이상해」와 「슈뢰딩거의 상자」는 양자물리학과 기술 과학, 지구온난화와 비인간에 대한 성찰이 잘 집약된 작품이다. 「눈사람을 보면 이상해」는 인간이 창조한 비인간의 존엄성을 묵상하며 인간과 비인간의 경계가 결정적이지 않을 수 있다고 말한다. 눈사람은 마치 사이보그처럼 인간을 닮은 피조물이다. 화자는 눈사람에게 유일한 개별자의 가치를 부여하며 "너는 단 하나의 옳음"이라고 칭한다. 그는 "사람보다 더 사람 같은 걸 만들다가/너무 사람 같으면 던져버린대"라고 한탄하면서 "눈사람인지 사람인지" 구별하기 힘든 비인간에 대해 인간이 지녀야 할 윤리적인 태도를 촉구한다. 한편 「슈뢰딩거의 상자」는 오염된 세계에서 생명체가 살아가는 것이 축복인지 불행인지 도전적으로 질문한다. 물리학자 슈뢰딩거는 1935년에 양자론의 주류인 코펜하겐 해석의 문제점을 지적하고자 고양이를 사용한 사고실험에 대한 논문을 과학 잡지에 발표했다. 이는 '슈뢰딩거의 고양이'라고 불리는 유명한 역설로, 방사선 물질이 담긴 상자 안에 살아 있는 고양이를 집어넣고 뚜껑을 닫으면 그것을 열기 전 원자핵붕괴가 일어날 확률이 50퍼센트이므로, 고양이가 죽어 있는 상태와 살아 있는 상태가 반반씩 겹쳐 있다는 내용이다. 시인은 "살아 있음과 죽어 있음 중에서/어느 쪽이 럭키인지 모르겠다"며 상자에 담긴 이 반사반생의 고양이 상태에 인류세의 지구를 살아가는 인간의 처지를 빗댄다. 이상기후의 위기에 내몰린 인간은 슈뢰딩거의 고양이처럼 "열어보기 전까지

는 알 수 없는/살아 있으면서 동시에 죽어 있는" 혼합된
상태라는 것이다. 퍼붓는 비를 맞는 일은 이제 "오염된
물의 세례"일 뿐이다.

> 여기
> 커다란 상자가 있고
>
> 상자는 축축하고
> 너덜거리고
> 쓰레기로 가득 찬 세계
>
> 고양이가 당신을 보고 운다면
> 틀림없이 럭키
>
> ──「슈뢰딩거의 상자」 부분

이 시는 고양이와 인간의 지위를 반전시켜 인간을 지
구라는 "커다란 상자" 속 실험 대상으로 전복시킨다. 그
럼에도 불구하고 미래는 아직 결정되지 않았고 "오늘"에
좌우된다는 사실이 여전히 희망으로 남는다.

5. 미래는 다만 무한한 가능성에 열려 있다

인류의 미래에 대한 시인의 진지한 전망은 발랄한 위트와 유머가 혼합돼 있어 친근하게 다가온다. 「지속 가능 모드 토이」는 U사에서 환경 친화적 활동을 표방하며 출시한 초록색 도라에몽 인형을 소재로 삼는다. 페트병을 재활용한 섬유로 만들어진 이 인형은 "CO_2의 배출량을 79퍼센트 절감한" 생산과정을 자랑한다. 이 초록 인형은 기후변화 시대에 지속 가능한 미래를 준비하는 인류 과제와 기업의 친환경 상품화 전략이 만나는 접점으로서 음미된다. 화자는 이 장난감을 "지가모토/지가모토 씨"라고 부르며 한집에서 살아갈 가족으로 받아들인다.

    당신은 언제까지 지속가능합니까?

    장르는 토이와 SF 로맨스
    종종 점프 스케어가 있는 이 세계에서

    아내와 나는
    당신보다 먼저 상할 것입니다
                        —「지속 가능 모드 토이」 부분

화자는 비인간을 4인용 식탁에 앉히고 "지속 가능한

사랑을 위해" 함께 식사하며 "다음 세대에도 건강한/다인종 가족이 됩시다"라고 제안함으로써, 환경적 지속 가능성과 폭넓은 다양성을 품은 새로운 가족 형태의 탄생을 접목시킨다. 그는 "대형 마트의 스피커는/유엔의 목표를 공유"하지만 "누구도 소외되지 않도록/마트를 감시"해야 한다며 기후변화 완화 문제가 마트라는 판매와 소비의 공간에서 하나의 상품성으로 감각되고 있음을 시사한다. 「0.00」은 퇴근 뒤 캔 맥주를 마실 때조차 "멀리서/빙산 녹는 소리"를 들어야 하는 기후변화 시대의 소시민을 그린다. "*이상하게 취하는 것 같고/죄책감이 없잖아요*"라며 무알코올 맥주를 마시는 실천은 "1퍼센트와 0퍼센트의 차이"의 사소함으로 죄책감을 덜어내려는 친환경적 소비의 방식을 풍자한다.

「늘 같음 상태」가 보여주듯, 시인은 '지속 가능성'의 미래가 개인의 감정과 다채로운 색깔을 상실시킬 것을 우려한다. 영화 「더 기버」처럼 "*시스템에서 기후 위기, 식량난이 삭제되*"는 대신 "*색깔, 꿈, ASMR 영상이 삭제되*"고, "*미래를 할당받는 대신*" 개성과 기쁨이 억압받는 사회가 된다면 지속 가능성은 생존일 뿐 살아 있는 삶은 아닐 것이다. 「대저 짭짤이 토마토의 미래」 역시 첨단 과학의 "새로움"이 감정의 자유를 희생시킨다면 그것은 진정한 진보가 아니라고 말한다. 화자는 더 얇게 접히는 TV·휴대폰을 개발하려 경쟁하는 세상에서 "*더 평평하고*"

얇은 마음만이 각광받을 것으로 기대됩니다"라거나 3D 프린터로 "어쩌면 기쁨이나 슬픔도 자세하게 조립할 수 있을까"라며 테크노크라시technocracy가 인간의 '느낌'을 획일화시킬 것을 염려한다. "*아주 먼 미래는 언제까지일 까?*"라고 묻는 시인에게는 고갈되지 않는 가능성과 잠 재성에 열려 있는 시간이야말로 진정한 '미래'이다. 그는 '느낌'을 잃어버린 채 규격화되고 정체된 안정성보다는 무한한 가능성이 그 안에 꿈틀거리고 있는 '텅 비어 있 음'을 택하기로 한다. 그래서 화자는 "토마토 박스로 살 아가는 일이/인간의 삶보다 근사하다면//나는 기꺼이/ 덩그러니"라고 공언한다.

「미래는 허밍을 한다」에서 인류는 아포칼립스로부터 피신하고자 발달된 기계들이 구비된 "빛의 벙커로 내려 간다". 하지만 시인은 이 "차가운 밀실"을 거부하고 "강 가에/배나무 흔들리는//그대의 집/그리운 산책로"가 있 는 지상에 남기로 한다. 벙커의 기계 소리에 맞서듯이 시인은 "지상의 나는/너에게 노래를 줄게//벌들의 윙윙 거림/바람이 사각거리는 소리"라며 지상에서 작은 노래 를 이어가는 방식으로 인류를 구하겠노라고 선언한다. 그는 첨단 기술 대신 "사랑을 기념하는 세리머니를" 통 해 구원의 길을 모색한다.

빛의 벙커로 손을 내밀고

미래를 구할게

[……]

지상의 나는
허밍을 멈추지 않을게

그대의 빈집이 될게

　　　　　　　　　—「미래는 허밍을 한다」부분

　시인에게 이 "빈집"은 결코 부재와 결핍이 아니라 새
로운 존재가 탄생하는 근원이며 무한한 풍부함이다. 빈
공간은 비어 있지 않고 오히려 다가올 수 있는 일련의
가능성들로 충만하기 때문이다.

　시인은 미래가 아직 알 수 없는 가능성들로서 존재한
다는 사실로부터 두려움과 희망을 느낀다. 「미래에서 온
편지」는 "미래는 쓴다는 생각만으로 쓸 수 있습니다"라
며 "미래"라는 창조적이고 우발적인 주체를 등장시킨다.
미래는 물질화된 현재로 바뀔 때에야 알 수 있는 대상이
며 이때 미래는 더 이상 미래가 아니다. 미래는 그 나머
지 물질화되지 않은 가능성들, 물질화에서 배제된 잠재
성들에 있다. 미래는 활발히 세계의 재형성을 가져오지
만 '현재'는 수많은 가능성들 중 하나의 가능성이 실현된

것일 뿐이다. 시인은 "새로 장착한 기억에서는 향긋한
냄새가 납니다/우리가 함께 따뜻한 차를 마시는 장면에
서 시작됩니다//찻잔 바닥을 긁으면 불길한 문양이 보
입니다/풀들이 바코드처럼 일렬로 서 있습니다"라며 감
각 세계가 바코드로 대체된 섬뜩한 미래를 염려한다.

상상할 수 있다면 모두 가능한 이야기

　종종 일어나지 않은 일에 시간을 쓰기도 합니다
　일어나지 않은 일들은 역시 일어나지 않은 채로 누워
있지만
　이불 아래로 삐져나오는 발은 도저히 참을 수 없습니다

　미래는 유보된 상태로 있습니다
　미래는 지루함을 느끼지 않습니다
　미래는 다만 쓸 뿐입니다
　　　　　　　　　　　　　　　—「미래에서 온 편지」 부분

　하지만 미래는 모든 *"가능한 이야기"*와 "일어나지 않
은 일들"을 의미하기에 시인은 다른 가능성의 미래를 얼
마든지 희망할 수 있다. 바라드는 양자장론을 논거로 존
재의 중심에는 비결정성과 무한한 가능성이 있기에 미
래는 풍부하게 열려 있으며 가능성들은 한 가능성의 실

현 속에서 좁혀지지 않는다고 설명한다. 이 시에서도 "미래는" 소진되지 않는 창의력으로 "다만 쓸 뿐"이다. 시인은 미래의 무심한 창조성 앞에 비결정적이고 유보적인 자세를 취하며 다만 "차 한 잔"과 "식물"의 아름다운 실재, 그리고 "사랑"만큼은 영원히 현존해야 할 가치라고 느낀다. 강혜빈에게 현존은 미학적 경험의 구체성으로 생성된다. 마찬가지로 그에게 미래는 감각적인 사건으로써 계시된다. 강혜빈은 미래를 이해하거나 사유하려 들지 않는다. 대신 그는 초록 인형과의 만남 또는 롤 플레이 게임처럼 사소하든 강렬하든 지금 자신이 향유하는 감각적인 현존을 통해 계시되고 있는 미래를 다정히 "미리 보기" 한다. ▨

문학과지성 시인선 586

두루미의 잠

최두석 시집

문학과지성사

문학과지성사에서 펴낸 최두석의 시집

대꽃(1984)
성에꽃(1990)
사람들 사이에 꽃이 필 때(1997)
꽃에게 길을 묻는다(2003)
숨살이꽃(2018)

문학과지성 시인선 586
두루미의 잠

펴 낸 날 2023년 6월 30일

지은이 최두석
펴낸이 이광호
주간 이근혜
편집 윤소진 김필균 이주이 허단 방원경 유하은
마케팅 이가은 최지애 허황 남미리 맹정현
제작 강병석
펴 낸 곳 ㈜문학과지성사
등록번호 제1993-000098호
주소 04034 서울 마포구 잔다리로7길 18(서교동 377-20)
전화 02)338-7224
팩스 02)323-4180(편집) 02)338-7221(영업)
대표메일 moonji@moonji.com
저작권 문의 copyright@moonji.com
홈페이지 www.moonji.com

ⓒ 최두석, 2023. Printed in Seoul, Korea

ISBN 978-89-320-4165-0 03810

문학과지성 시인선 586

두루미의 잠

최두석

시인의 말

　요즘 나의 시간은 주로 야생으로 살아가는 생명들을
만나는 데 쓰이고 있다. 꽃 피우고 열매 맺는 나무나
풀뿐만 아니라 그걸 먹고 살아가는 새나 곤충의 생생한
모습을 보며 활기를 얻는다. 그들의 숨결과 맥박이 시의
호흡 속으로 나도 몰래 스며들기를 기원한다.

2023년 6월
최두석

두루미의 잠

차례

시인의 말

1부

따사로운 봄날

꽃이 피어 향내로 나를 부를 때
기꺼이 꽃에게 다가가리
어여쁜 빛깔과 은근한 향내에
눈을 씻고 코를 씻다가
때맞추어 벌이 날아오면
꿀맛이 얼마나 좋은지 물어보리

새가 울어 소리로 나를 부를 때
기꺼이 새와 눈 맞추리
새의 노래에 귀를 씻다가
때맞추어 날아온 짝과 함께
춤을 추고 사랑을 나누면
두근거리는 가슴으로 앞날을 축복하리

드물게 찾아오는
청명하면서도 따사로운 봄날
꽃이 피고 새가 울 때
부러 새삼스럽게
더 즐거운 일 찾지 않으리
더 긴한 일 만들지 않으리.

동강할미꽃

강은 흘러야 강이고
꽃은 피어야 꽃이라고 말하는 듯
동강할미꽃 피네

수만 년 동안
강과 산이
밤낮으로 만나 빚은 절경
절벽을 수놓는 꽃

댐을 막아
절경을 수장시키려던 시절
때맞추어 세상에 나타나
아름다움의 가치를 증언한 꽃

강은 한없이 젊고
그리움은 늙지 않는다고 말하는 듯
동강할미꽃 피네.

개개비

두물머리 갈숲에서 개개비가 운다
바람에 흔들리는 갈대 위에 앉아
개개비도 바람에 흔들리며 운다

두 발로 갈대를 꼬옥 붙잡고
주황빛 입 한껏 벌리며 운다
간절하게 짝을 찾는 것이다

갈대처럼 물가를 좋아하는 개개비
갈대를 엮어 둥지 틀고
새끼 기르고 싶은 개개비

사람은 생각하는 갈대라니
나는 잠시 갈대가 되어
물에 발을 잠그고 강가에 서본다

삐죽 솟은 나의 상념의 줄기 붙잡고
온몸을 떨며 개개비가 운다
간절하게 구애의 노래 부른다.

휘파람새

그대와 함께 갔던 산길 걷는데
휘파람새 우네
말할 수 없이 간절한 노래
휘파람으로 부른다는 듯이

휘이 후이잇 호로로로 후잇

추억을 되새기며 산길에서 서성이는데
휘파람새 우네
숨 막히게 차오르는 그리움
휘파람으로 날려보낸다는 듯이

휘이 후이잇 호로로로 후잇

새잎 돋는 나뭇가지에 앉아
휘파람새 우네
이별도 우중충하지 않게
슬픔도 영롱하게 다스려야 한다는 듯이.

물매화

잎 하나에 꽃 하나
그 사이를 잇는 호리호리한 꽃대

꽃술에
이슬방울 잘 머금는
초가을 산들바람에 춤을 추는

눈으로만 보고
손으로 만져서는 안 되는 어여쁨이 있다

이제 막 풋풋한 소녀에서
청초한 처녀로 바뀌는
립스틱도 처음 발라보는

혼자서 몰래 좋아하고
손을 대서는 안 되는 아리따움이 있다.

동박새

나이 들어 몇 해 동안
동백꽃 피는 철이면
오래된 동백숲 순례하며
동박새를 찾는데
보이지 않네

젊은 날 연인과 함께
동백꽃 보러 갔을 때
우연히 만나 잘 보았는데
일부러 다시 찾으려 하니
보이지 않네

매화 꿀 빨거나
산초 열매 쪼는
동박새는 간혹 보이는데
동백꽃 꿀 빠는 모습은
보이지 않네

동백꽃 아무리 잘 피어도

동박새 없으니 허전하네
생의 찬란했던
빛나는 눈동자의 순간은
가뭇없이 사라졌네.

뻐꾹채

이름을 알고 잎을 보기까지
잎을 보고 꽃을 만나기까지
각각 십여 년이 걸린 풀꽃이 있다

동강 벼룻길로 백운산을 오르다가
뻐꾹채를 몇 번 보았는데
아쉽게도 꽃 피는 때가 아니었다

돌이켜 생각하면 나는 늘 일이 먼저였고
동강을 굽어보며 백운산에 오른 건
드물게 한가한 날을 택해서였다

몇 번이나 뻐꾹채는 나의 한가한 시간을 외면하였다
오로지 뻐꾹채 피는 때에 맞추어 산에 오르자
비로소 휘황한 꽃송아리를 만날 수 있었다

뻐꾹채는 나에게 벼랑을 등지고 피는 꽃
오로지 자신에게 집중하는 자에게만
싱그러운 어여쁨을 보여주는 꽃이다.

꽃꺼끼재를 지나며

탄광이 카지노로 바뀐 사북
꽃 꺾으러 오르는 이 많았다는
꽃꺼끼재를 지나며 묻는다

꽃을 함부로 꺾는 이가
사람에게도 함부로 대한다는 말은
얼마나 참인가?

사람에게 함부로 대하는 이가
꽃도 함부로 꺾는다는 말은
얼마나 참인가?

각시취는 각시취 나름으로
쑥부쟁이는 쑥부쟁이 나름으로
온몸의 힘 모아 꽃을 피우는데

예쁜 꽃을 보면 꺾어
꽃다발 만들어
연인에게 바치기를 즐기는 이여.

바람꽃

산골짝 응달에는 아직
얼음이 덮여 있는데
봄을 부르는 꽃은
역경을 디디고 핀다는 듯
변산바람꽃 피네
세상에 희망처럼 오는 봄
함께 부른다는 듯
어느새 너도바람꽃 피고
뒤이어 나도바람꽃 피네
충만한 봄기운은
새의 핏속에도 스민다는 듯
꿩의바람꽃 피네
봄바람 제대로 쏘이면
가슴 속에서 회오리가 인다는 듯
회리바람꽃 피네
가슴 속 회오리 달래다 보면
그리움도 아쉬움도
홀로 삭일 수밖에 없다는 듯
홀아비바람꽃 피네

이 땅의 봄은

온갖 바람꽃 피며 왔다가

온갖 바람꽃 지며 가네.

호리꽃등에

크고 우람한 것 찾는 이들에겐
눈에 띄지 않을
하찮은 미물이다

산풀꽃 보러 다니다가
사진을 찍으면서
뒤늦게 알게 된 작은 곤충이다

비행술이 좋아
정지비행을 즐기는 벌처럼 보이지만
독침이 없다

어여쁜 꽃을 만나
곁에 머물다 보면
찾아오는 반가운 손님이다

이른 봄 복수초 꽃에서도
늦가을 구절초 꽃에서도
쉬어가는 과객이다

신의 명을 받아
어여쁜 꽃이 피어나게 하는
숲의 요정이다.

노루귀와 빌로오드재니등에

천마산에 올라
어여쁘게 핀 노루귀 곁에 앉아
함께 봄볕 쪼이는데
빌로오드재니등에가 날아와
노루귀의 꽃가루를 먹고 꿀을 빤다
재니등에는 노루귀를 찾아 기쁘고
노루귀는 재니등에가 찾아와 반갑다

얼음이 남아 있는 골짜기에
낙엽 이불 사이로 고개 내민 노루귀와
분주히 날갯짓하는 재니등에는
털복숭이라는 게 닮았다
마치 요정 같은 재니등에를 보니
내 몸을 재니등에처럼 작게 하여
함께 요정놀이를 하고 싶어진다

노루귀의 꽃술 사이에
긴 빨대를 꽂은 채 날갯짓하는
재니등에의 요정놀이에는

성적인 쾌감이 있는 것 같다
이 요정놀이를 통해
노루귀는 씨앗을 맺고
재니등에는 알을 낳는다.

산호랑나비

두위봉 능선길에서
산비장이 꽃에
산호랑나비가 날개를 펴고 앉아
꿀 빠는 걸 지켜본다
꽃의 붉은 빛과
나비의 검고 노란 무늬가 선명하다

그런데 자세히 보니
붉고 파란 무늬가 있는
나비의 뒷날개가 뜯겨져 나갔다
어떤 새의 공격을 받았을까
뒷날개의 무늬를 주고 가까스로
목숨 구하는 장면이 어른거린다

나비도 악몽을 꿀까
생각이 꼬리를 무는 나를 비웃듯이
산호랑나비는 유유히 날아
꽃을 옮겨 다니며 꿀을 빤다
급기야 온전한 모습의 짝을 만나

너울너울 춤을 추다가
드디어 짝짓기 한다

앞으로 이 산호랑나비는
어느 잎으로 날아가 알 낳을까
궁금해하며 산길 가다가
문득 어느 후배 여성시인과 나를 엮는
염문을 떠올린다
전혀 다른 두 친구로부터 들은 염문의
아니 땐 굴뚝을 생각한다.

할머니산수유나무 아래에서

이 땅에서 가장 기품 있게 잘 자란
산수유나무 아래에서 봄을 맞는다
헤아릴 수 없는 나이지만 늙을 줄 모르는
구례 산동 할머니산수유나무
세상에 봄소식은 내가 알린다는 듯
백만 송이 꽃 한꺼번에 피우고 있는 나무

갓 벙근 꽃송이에 날아와 안기는 꿀벌들
닝닝거리는 소리 듣다 보니 문득
까마득한 옛날로 돌아간 것 같고
돌담가에서 어떤 가슴 부푼 처녀가 웃는 것 같고
그 처녀는 산수유 바르느라 이가 붉은데
그 홍니*가 시집 가서 낳은 따님 가운데
내 먼 윗대 할머니가 있는 것 같고

그 할머니의 따님의 따님의 따님이
대를 이어 집안에 봄을 불러온 분들인데
그 모계의 어머니들이
젖먹이를 안고 산수유나무 아래 둘러서서

함께 입을 모아 축원하는 소리 듣는다

부디 봄을 밝고 싱싱하게

두근거리는 가슴으로 맞이하게 해 주시라고.

* 산수유는 열매에서 씨를 발라내고 과육만 말려서 한약재로 쓴다. 예
전에 산수유 농가에서 씨를 입으로 발라내는 일은 주로 계집아이들
이 맡아 하였고 그 일을 계속해서 하다 보니 이가 닳으면서 붉게 변
색된 처녀를 홍니라 하였다.

산수유나무

추위에 몸과 마음이
움츠러들거나 헛헛해질 때
활기를 얻으려 찾아가는 나무가 있다
열매를 거두어가지 않은 산수유나무

몇 번 눈 맞은 뒤에도 가지마다
선홍빛 열매 조롱조롱 달고 있는
산수유나무 아래에서 가만히 기다리면
어느새 새들이 찾아온다

직박구리나 물까치가 떼로 날아와
열매를 따 먹으면
산수유나무 주변은 어느새
흥성한 잔치가 벌어진 것 같다

때로는 까치들이 날아와
다른 새들을 쫓아내기도 한다
까치밥에 함부로 부리를 대지 말라는 듯
한껏 텃세를 부리기도 한다

산수유나무가 맺어준 인연으로
난생처음 만난 새도 있다
큰부리밀화부리와 대륙검은지빠귀를 본 날은
연인을 본 듯 마구 가슴이 뛰었다

나도 새들을 흉내 내어
시고 떫은 열매를 따 먹는다
그러면서 잊고 있었다는 듯이
가지마다 올망졸망 맺힌 꽃눈을 본다

겨울날 산수유나무 아래 서 있다 보면
문득 경배하는 마음이 들기도 한다
아무래도 산수유나무를 통해
새를 사랑하는 신의 뜻이 드러나는 것 같다.

금강초롱

설악산 마산봉에 금강초롱 보러 갔다가
진드기에게 물렸다
드물고 귀한 흰 금강초롱 잘 보았는데
발목을 진드기에게 물렸다

청초하게 고혹적인 금강초롱 본 것으로
행복한 하루였는데
발목에 붙어 피를 빨고 있는 진드기를
발견한 것은 이미 사흘이 지난 뒤였다

물린 자리에 염증이 생기고
주위의 살갗이 부풀면서 가려웠다
가려운 곳을 긁으니 더욱 가려웠고
주위의 살갗이 잔뜩 성을 내었다

못견디게 가려울 때면 금강초롱을 떠올렸다
한반도에서만 자생하는 금강초롱
그걸 채집하여 학계에 보고한
일본인 식물학자 나카이 다케노신을 떠올렸다

계절이 몇 번 바뀌어도 염증은 계속 덧났고
가려움을 참으며 골똘히 생각하였다
금강초롱의 학명을 하필 하나부사*로 지은
제국대학 교수 나카이의 심리의 밑바닥을.

* 하나부사 요시모토(花房義質, 1842~1917)는 강화도조약 후 조선 주
재 초대 공사로 일하면서 일본의 조선 병탄 과정을 주도하였다.

천마산에는 미치광이가 많다

미치광이라니
참 버거운 이름의 풀꽃도 있다
사람도 소도
잘못 먹었다간 미쳐버린다고 경고하며
천마산 골짜기에는 미치광이가 많다

마을 근처나 밭둑에 났다면
쓸모없는 독초라고 뽑혀 나갔겠으나
산골짝에 자라나 나물로 뜯지 않고
야생화로 캐가지 않고 버려두니
천마산에는 미치광이가 점점 더 많아진다

제 나름으로는 봄이 왔다고
자줏빛 요정의 종 같은 꽃 피우지만
얼레지와 현호색과 꿩의바람꽃의
아리따운 자태에 반한 사람들은
거의 눈길도 주지 않는다

미치광이풀이 바람에 흔들리며 내는

작은 요정의 종소리 들으며 묻는다
얼마 만큼 독을 품고 세상을 살아야
남에게 휘둘리거나 미치지 않고
오롯하게 자신만의 꽃 피울 수 있을까?

도체비꽃

예전에 곤드레만드레 술꾼이
허청대며 고개를 넘을 때면 나타나
밤새 씨름을 하자고 덤비던
도깨비는 다 어디로 갔나
젊은 과부 집에 몰래 슬며시 드나들다가
새벽닭 우는 소리에 놀라
금방망이를 두고 달아난 도깨비는
그 후 어찌 되었나 묻는다
곶자왈을 걷다가 만난 산수국에게

특별한 은총은 기대하지 않고
쉽사리 신에게 기대고 싶지도 않은 자로서
유달리 당 많고 신 많은 제주에서는 왜
산수국을 도체비꽃이라 부르나 묻는다
곶자왈에서 푸른 불 밝힌 산수국에게.

2부

새를 본다

가까이할 수도 어루만질 수도 없는
새를 본다는 것은
새와의 거리를 확인하는 것

새를 쫓아다니는 게 아니라
새의 습성과 영역을 알아
길목에서 미리 기다리는 것

멀리 날아간 새를 아쉬워하고
가까이 다가온 새의 노래에
가슴이 두근거리는 것

새가 경계하지 않고
마음껏 춤추고 짝짓기 하게
인기척을 죽이는 것

새를 본다는 것은
종마다 서로 다른 부리를 확인하는 것
그 부리로 무얼 먹나 궁금해하는 것

먹어야 사는 생명이

팔 대신 날개 달고서

얼마나 더 자유로울 수 있나 살펴보는 것.

곤줄박이

따다다다닥 따다다다닥
곤줄박이의 열매 쪼는 소리가
목탁소리처럼 숲을 울리고 있다
껍질이 단단하고 매끈한 때죽나무 열매를
갈라진 나무 줄기 사이에 두고
두 발로 모두어 쥔 채
부리로 연신 쪼아대고 있다
곤줄박이의 짧고 뭉툭한 부리는
때죽나무 열매를 쪼려고 생겨난 듯하다

좋아하는 때죽나무 열매를 받들듯이 쥐고
금이 가는 껍질 틈새를
부리로 세차게 내리찍으면서도
고개를 좌우로 깊게 젖히면서
계속해서 주위를 살핀다
작고 약한 곤줄박이가 천적을 피하는
습관이 된 몸짓이 안쓰럽다.

두루미의 잠

삵 같은 천적 피하기 위해
얕은 물에 발을 잠그고 자는 두루미는
추위가 몰려오면
한 발은 들어 깃 속에 묻는다

외다리에 온몸 맡긴 채
솜뭉치처럼 웅크린 두루미의 잠

자면서도 두루미는
수시로 발을 바꿔 디뎌야 한다
그래야 얼어붙지 않는다
그걸 잊고 발목에 얼음이 얼어
꼼짝 못하고 죽은 새끼 두루미도 있다

한탄강이 쩡쩡 얼어붙는 겨울밤
여울목에 자리 잡은
두루미 가족의 잠자리 떠올리면
자꾸 눈이 시리고 발목도 시려온다.

뜸부기

뜸 뜸 뜸 뜸 뜸
논바닥에 깔리듯이 저음으로 우는
뜸부기를 찾는다
수컷 뜸부기는 벼포기 사이로 고개 내밀어
붉은 이마판을 살짝 보여주고는
또다시 숨어서 운다
암컷 뜸부기는 아예 모습을 보이지 않는다

예전에는 농촌에 흔하여
김매다 알을 꺼내먹기도 하였으나
이제는 보기 어려워진 뜸부기
뜸부기야, 어디 숨었니?
동틀 무렵 임진강변에 나와
뜸부기와 숨바꼭질한다
숨바꼭질이라도 할 수 있어 천만다행이라 여기며.

황새야, 훨훨

팔짝 폴짝 새끼 황새가 뛴다
파닥 퍼덕 날갯짓하며
둥지 위에서 나는 연습을 한다
한 마리가 뛰기 시작하니
네 마리가 돌아가며 뛴다
비좁은 둥지를 떠날 때가 된 것이다

팔짝 폴짝 새끼 황새가 뛴다
황새공원에서 방사한 황새 한 쌍이
공들여 길러낸 귀한 새끼들이
황새가 사라진 지 어언 반세기만에
다시 이 땅의 하늘을 나는
연습을 하고 있는 것이다

황새공원이 가까운
예산군 광시면 대리 둥지탑 위에서
복원된 황새의 상징인 듯
다리에 가락지를 낀 채
텃새 황새의 새로운 시조가 되려는 녀석들에게

나는 소리 죽여 외쳐본다
황새야, 날자 훨훨 날아보자꾸나

생태농법이 시행되는
광시면 지역을 제외하고
이 녀석들이 좋아하는
개구리 우렁 미꾸라지 드렁허리 등을
어느 개울이나 논바닥에서 찾을까 걱정하며
나는 다시 한번 외쳐본다
황새야, 날자 자유롭게 훨훨 날아보자꾸나.

먹황새

먹황새야, 어디 숨었니?
화순적벽에 와서 먹황새를 찾는다

먹황새가 좋아하는 높은 암벽 아래
맑은 시내가 흐르는 곳
여기저기 두루두루 둘러보아도 자취가 없고
어느 소나무 아래 바위 그늘에 숨었는지
먹는 것도 거르고 낮잠에 빠졌는지
도저히 찾을 수 없다

찾는 것 포기하고 무작정
길목에 앉아 기다린다
예전에는 산 좋고 물 맑은 계곡 암벽에
둥지 틀고 새끼를 길렀으나
이제는 겨울날 대여섯 마리 일가족만 도래하는
귀한 손님, 먹황새가 숨바꼭질 그만하고
하늘 높이 날아오르기를 기다린다

한 나절이 지나도록 기다리다

기다리는 것마저 잊고 있다가
갑자기 가슴이 두근거려 하늘을 보니
하얀 배에 검게 빛나는 날개 활짝 펴고
길게 뻗은 붉은 부리로 바람 가르며
먹황새 가족이 날아와
빙빙 돌며 춤을 춘다.

저어새

멸종의 위기 잘 넘기기를 바라는
저어새는 강화도 갯벌의 깃대종

파도의 힘을 시험하는 듯한
서해 바닷가 바위섬 위에
나뭇가지나 풀줄기로 엉성하게 지은
저어새 둥지를 보다 보면
지상에 마음대로 다리 뻗을 방 한 칸이
참으로 귀하게 느껴진다

새끼는 어미의 부리를 물어 먹이를 조르고
어미는 삼킨 물고기를 토해 새끼를 먹인다
밥주걱을 입에 물고 태어난 듯한
저어새의 기다란 부리를 보다 보면
먹고사는 일의 엄연함에
새삼 입술을 깨물게 된다

갯벌 물골에서
주걱 부리를 휘저으며

분주히 먹이를 찾는 저어새 따라다니다가
쫓기는 물고기 잽싸게 찍어 먹는 백로를 보면
늘 얌체가 이기는 세상 보는 것 같아
마음이 진창처럼 어두워진다.

각시바위

강화도 선두포구 앞에는 썰물 때면 갯벌 위에 서 있다가 밀물 때면 허리까지 잠기는 바위가 있어 사공들에게 물길 안내한다.

옛적에 정수사의 스님을 찾아온 여인이 있었다. 아기를 업고 지아비 찾아온 여인은 움막에 머물며 출가한 사내를 기다렸다. 조개를 캐먹고 살던 여인은 어느 날 갯벌에 물때 모르고 나갔다가 밀물에 휩쓸려 죽었다. 그녀가 죽은 자리에서 솟아났다는 각시바위는 곁에 아기바위까지 데리고 있다.

언제부턴가 저어새가 찾아와 각시의 어깨나 머리 위에서 짝짓기 한다. 나뭇가지나 풀줄기 물어 와 둥지 틀고 새끼를 기른다. 너구리나 족제비가 넘보기 어려운 바위 위의 옹색한 둥지에서 지상의 희귀한 목숨이 자란다. 사리 때 바다가 그득히 차오르면 간혹 물에 잠기는 둥지도 있다. 갯골에서 부리 휘저어 망둥이나 게를 잡아먹고 살다가 멀리 타이완까지 날아가 겨울을 나고 온다.

물수리

온갖 곡식이 영글고
물고기의 살이 오르는 가을은
물수리가 찾아오는 철

상수원 보호구역이라
낚시가 금지된 팔당호에서
물수리가 잉어를 낚아채 날아오른다

잉어가 몸부림칠수록
발을 손처럼 쓰는
물수리의 발톱은 살 속 깊이 박힌다

한없이 평화로워 보이는
그림 같은 풍경 속에도 늘
삶과 죽음을 가르는 순간이 있다.

백로와 숭어

노랑부리백로가 어린 숭어를 찍어 올려
부리 속에 집어넣는다
백로는 숭어를 보고 숭어는 백로를 본다
백로와 숭어의 눈빛이 순간적으로 마주친다

백로의 눈도 또렷하고
숭어의 눈도 또렷하다
백로도 숭어도 오직 보는 일에만 집중한다
기쁨이나 두려움은 눈빛에 스며들 틈이 없다

숭어의 꼬리지느러미는 물방울 튀기는데
백로의 부리는 완강하고
강물은 아무 일 없다는 듯 유유히 흘러간다.

공릉천 멧비둘기

서릿발 쪼는 놈 본 적이 있다
살얼음 차고 날아오르는 놈 본 적도 있다

공릉천에서 보는 멧비둘기는
잽싸고 날렵하기가
도시의 공원에서 뒤뚱대는 놈들과는 사뭇 다르다
날갯짓마다 가볍게
힘이 실린 듯한 느낌이라고나 할까

나는 이런 느낌의 이유를
가까운 장명산에서 찾은 적이 있다
공릉천을 굽어보는
수리부엉이가 자주 머무는 소나무 아래에는
멧비둘기의 깃털이 흩어져 있었고
수리부엉이의 펠릿에는
멧비둘기의 뼈가 뭉쳐져 있었다

밤이면 소리 없이 다가오는 죽음
죽음이 늘
멧비둘기들의 삶을 단련하고 있다.

알락꼬리마도요

긴 다리로 경중경중 걷다가
길게 굽은 부리로 게 구멍을 찌르는
마도요의 창자는
다리나 부리보다 얼마나 더 길까

숨기운이 부리를 통과하며 울리는
수정 구슬 굴리는 듯 영롱한
마도요의 노래는
과연 어떤 악기로 흉내 낼 수 있을까

봄이면 서해 갯벌 거쳐
시베리아까지 가서 새끼 기르고
가을이면 다시 서해 갯벌 거쳐
호주까지 날아가는 알락꼬리마도요

마도요로 하여금 해마다 머나먼
여행 떠나게 하는 힘은 무엇일까
마도요의 부리를 갯벌에 맞추어
길게 굽힌 숨은 힘은 무엇일까

그 힘이 전능하신 신의 것이라면
거대한 제방으로 가로막아
갯벌을 마구 없애는 사람들은
마도요에게 얼마나 가혹한 신일까.

파랑새
— 파랑새로의 환생을 꿈꾼 한하운을 생각하며

파랑새의 날개는 매혹적인 비췻빛
햇빛의 방향에 따라 오묘하게 변한다
하지만 파랑새처럼 푸른 옷을 입고 싶진 않다
나에게는 어울리지 않게 화사하기에

파랑새는 타고난 곡예비행사
가볍게 솟구치고 세차게 내리꽂고
잽싸게 방향을 튼다
하지만 팔 대신 날개를 달고 싶진 않다
손으로 하는 일상의 일들 포기할 수 없기에

파랑새는 솜씨 좋은 사냥꾼
넓적한 부리로
날아다니는 잠자리 매미 풍뎅이 등을 잡는다
이런 곤충을 사람이 먹지 않아서 다행이다
파랑새가 농사에 도움을 주어서 다행이다

파랑새가 행운을 부른다는 말은 믿지 않으나
파랑새가 사는 마을은 행복할 것 같다

잠자리가 날아다니고 매미가 울고
풍뎅이가 잎을 먹는 마을은 평화로울 것 같다.

검독수리

겨울이면 신탁을 전하러 오는 새가 있다
금빛 갈기깃을 세운 검독수리
나는 부러 추운 날을 골라
천수만으로 신의 사자를 만나러 간다

'가슴을 활짝 펴고 야생의 심장을 느끼라'
예로부터 전해오는 진리인 듯
신탁의 내용은 해마다 다르지 않지만
내게는 늘 새로운 계시처럼 신선하다

검독수리는 신탁만 전하고
제물은 스스로 사냥해서 마련한다
어떤 날은 기러기를 어떤 날은 고라니 새끼를
젯상에 올린다

제를 올린 뒤 살코기를 뜯는
검독수리의 부리를 보며
신탁을 전하기 위해 그가 지나온
험준한 산맥과 광막한 벌판을 떠올린다

배를 채우고 힘차게 날아오르는
검독수리를 보며 생각한다
나의 심장에는 알타이산맥에 터 잡고 살던
돌도끼 부족의 피가 몇 방울 흐르고 있노라고.

독수리

'고라니에게도 영혼이 있나?'
고라니의 뼈를 발라먹는
독수리를 보며 든 의문이다

꽁꽁 얼어붙은 천수만에서
독수리는 검은 사제복 입은 신부처럼
엄숙하고 꼼꼼하게 지상의 장례를 집행한다

'사람에게 영혼이 있다면
독수리에게도 영혼이 없을 리 있나
고라니도 마찬가지겠지'
배부르게 먹고 느긋이 쉬다가
하늘 높이 날아올라 선회하는
독수리를 보며 든 생각이다

어떤 종교로도 해소하기 힘든
의문에 대한 나름의 답변을
독수리는 묵묵히 태연하게
야생의 장례를 집행하며 보여준다

조장鳥葬의 풍속이 생겨난
연원을 아득히 더듬어보게 하면서.

검은머리물떼새

만약에 몸이 죽고 넋은 남아
다른 생명으로 태어난다면
새가 되고 싶다

흰 배와 검은 날개가 선명하고
부리와 눈이 붉게 빛나는
유부도 검은머리물떼새

목도 짧고 다리도 짧아
웅크린 자세로 뒤뚱뒤뚱 걷는
갯마을 어부 같은 새

갯바위에서 굴을 찍어먹거나
갯벌에서 동죽을 꺼내먹으며
물때에 맞춰 살면서

봄이면 마음에 드는 짝과 함께
서해 무인도로 나가
바위틈에 알 낳아 품고 싶다

가을이면 유부도 갯벌에
잘 기른 새끼들 데리고 돌아와
휘파람 불며 함께 춤추고 싶다.

3부

새는 무릎 꿇지 않는다

팔 대신 날개 달고
자유롭게 훨훨 날아다니는 새는
다리가 길건 짧건
나뭇가지에 앉아서도 땅에 내려서도
무릎 꿇지 않는다

쉴 때도 잠잘 때도
외다리로 설지언정 무릎 꿇지 않는다
자세를 바닥에 붙여 낮출 때에는
사람의 팔처럼 다리를 앞으로 접어
제 몸을 받들듯이 안는다

알 품으려 몸을 한껏 낮추면서도
새는 무릎을 팔꿈치처럼 쓴다
앞으로 접은 다리로 알을 감싸거나
다리 위에 알을 올려놓고
부리로 굴린다

새끼를 품을 때도

새는 무릎을 앞으로 접는다
날개를 펼쳐 품던 어미새가 몸을 일으키면
다리 위의 새끼들은 앞으로 퉁겨나간다
그렇게 새끼새들은 세상 속으로 나아간다.

후투티

노거수 느티나무의 옹이에
후투티가 둥지 틀었다
옹이의 입구가 반질거린다
느티나무의 오래된 흉터가
후투티에게는 오붓한 보금자리이다

후투티 어미가 새끼에게
지렁이를 물어다 먹인다
한껏 벌린 새끼의 입에서 지렁이가 꿈틀댄다
땅속을 누비며 살던 지렁이가
후투티를 날아오르게 한다

느티나무와 지렁이 사이를 잇는
생명의 끈 붙잡고
어린 후투티는 무럭무럭 자란다.

유부도

금강이 흘러내리는 군산 앞바다
유부도는 작지만
드넓은 갯벌이 살아 있어
헤아릴 수 없는 생명이 숨 쉬는 땅

유부도에 가서
도요새와 물떼새의 군무를 보면
세상에 더 이상의 춤은 없을 것 같다
봄이면 툰드라의 번식지까지
가을이면 적도 아래 월동지까지 날아가는
수만 마리 도요새와 물떼새의 날갯짓을
과연 어떤 춤꾼이 흉내 낼 수 있을까

유부도에 가서
도요새와 물떼새의 울음소리 들으면
세상에 더 이상의 음악은 없을 것 같다
수만 년 동안 습지에서 먹이를 찾느라
서로 다르게 진화한 부리로 연주하는
수만 마리 도요새와 물떼새의 합주를
과연 어떤 명인이 따라 할 수 있을까.

마름과 흰뺨검둥오리

닻처럼 생긴 마름 열매는
진흙에 박혀 뿌리를 내리고 순을 내민다
순은 자라나 수면에 촘촘히 잎을 펼친다
수면 위에 꽃대를 밀어 올려 흰 꽃 피운다
마름은 잎과 꽃으로 늪을 수놓는다
열매는 자라면서 물에 잠기고
토실토실 잘 여물어
다시 닻처럼 진흙 속에 박힌다

흰뺨검둥오리가 마름의 새잎 먹고
갓 피어난 꽃 날름날름 따 먹는다
요리할 필요 없이 바로 먹는
수면 위의 식사이다
사람들이 물밤이라 부르며 먹는 마름 열매는
흰뺨검둥오리가 특히 좋아하는 먹이이다
흰뺨검둥오리가 늪에 터 잡고 사는 것은
물밤 맛을 잊지 못해서이다.

뿔논병아리

버드나무 새잎 내미는 봄날
북한강가에서 멋진 공연을 본다
탱고의 선율을 타는 듯한
뿔논병아리의 춤

쫑긋하게 머리깃을 세운 암수 한 쌍이
경쾌하게 고개를 까닥거리며
목을 맞대기도 하고 부리를 맞대기도 하면서
물위에서 미끄러지듯 추는 춤

유혹과 매혹이 교차하는 몸짓을 보며
탱고의 연원을 생각하는 사이
춤을 마친 뿔논병아리 한 쌍은
재빨리 물가 수초들 사이로 들어간다

암컷은 얕은 물에 엎드리고
수컷은 물방울 튀기며 등뒤에 올라탄다
그냥 짝짓기라고 덤덤하게 말할 수 없는
희열의 표정으로 사랑 행위에 몰입한다

어느새 뿔논병아리의 사랑을 훔쳐보게 된 나는
섹스에 몰입하는 수컷의 등에
자꾸만 눈이 간다
숙연하고도 처연한 느낌에 사로잡힌 채.

뿔논병아리 가족

연두가 초록으로 변하는 봄날
뿔논병아리 어미가 뿔깃을 쫑긋 세우고
고개 돌려 주변을 살펴보고 있다
새끼들을 업은 채 호수 위에 떠서

잠수하여 물고기를 사냥하던 아비가
버들치를 물고 다가오고
어미의 깃 속에 숨어 있던 새끼들은
다투어 고개를 내민다

어미의 어깨 너머로 고개를 내민
새끼의 입속으로 버들치가 들어간다
새끼들의 삐약거리는 소리 물결 따라 퍼지고
아비는 다시 먹이를 찾아 잠수한다

어미와 아비는 서로 역할을 바꾸기도 한다
아비가 등에 새끼들을 업고 있으면
어미가 잠수해서 물고기를 잡아온다
참으로 애틋하게 정겨운 장면이다

나도 어깨 너머로 고개를 내민 적이 있다
엄마는 무얼 기다렸는지 모르지만
엄마의 등에 업혀 담장 밖을 본
아기 때의 원초적 기억이 있다.

장다리물떼새

아름다움의 원천은 무엇일까
장다리물떼새를 보며 품은 의문이다

장다리물떼새가 유난히 길고 붉은 다리로
얕은 물속에 들어가 사뿐사뿐 걷는 모습은
마치 발레를 추는 것 같다
새하얀 꽁지깃과 검푸른 날개 펼치며
도약하듯 날아오르는 모습은
어떤 발레리나도 부러워할 것 같다

얼핏 멋진 춤사위처럼 보이지만
장다리물떼새가 물을 찰방거리고 다니면서
긴 부리를 끊임없이 까닥거리는 것은
부지런히 먹잇감을 찾는 몸짓이다
그러다가 잽싸게 망둥이를 찍어 올려
몇 번이고 패대기친 후에
머리부터 통째로 욱여넣어 삼킨다

먹지 않고 사는 새가 어디 있으랴

모름지기 생명력이 솟구치는 장다리물떼새라야
갈대밭 위를 아름답게 날 수 있다.

우포늪 물꿩

물꿩은 물풀 위에서 산다
수면을 가득 덮을 정도로
무성한 마름과 가시연 위를
유난히 긴 꼬리로 균형을 잡으면서
유난히 긴 발가락으로 사뿐사뿐 걷는다
물풀 위에 알을 낳고
물풀 위에서 새끼를 기른다

물꿩은 암컷 한 마리가
여러 수컷을 거느린다
암컷은 알만 낳고
수컷은 제각기 알을 품고 새끼를 기른다
암컷은 넓은 우포늪을 순회하고
수컷은 찾아온 암컷을 깃을 세워 반기며
황홀하게 짝짓기 한다

근래에 우포늪에 찾아오게 된
물꿩은 원래 아열대의 새이다
겨울에는 추위를 피해 날아갔다가

물풀이 수면을 채울 때 다시 온다
이제 대를 이어 찾아와
새끼를 기르게 되었으니
우포늪은 물꿩의 어엿한 고향이다.

때까치

늘 새로운 놀이를 찾던
시골 아이의 개구마리가
나이 들어 때까치로 돌아왔다

많은 이들이 때까치라고 하니
나도 그 이름을 쓸 수밖에 없는
아릿한 아픔이 있다

날카롭게 굽은 부리로
개구리를 잘 잡아
개구마리라는 이름이 생겼으리라

개구리를 잡으면
나뭇가지에 꿰어두고 뜯어먹는
엽기적 습성이 있다

개구마리 소리 유난한 날이 있었다
동네 형이 둥지에서 새끼를 꺼내와
파리를 잡아 먹이고 있었다

논에서 개구리가 사라진 후
눈에 띄지 않는 개구마리를
오랫동안 까마득히 잊고 살았다

요즘은 자주 가는 강둑에서
때까치를 만나곤 한다
빙글빙글 꽁지를 돌리며 추억을 부르는.

비둘기조롱이

따사로운 봄날 백령도에 와
비둘기조롱이를 본다
경운기로 쟁기질하는 논 위에서
정지비행하며
움직이는 곤충을 찾고 있다

비둘기조롱이를 보러
백령도에 온 것은 아닌데
아득히 먼 데로부터 날아와
다시 먼 데로 날아갈
비둘기조롱이를 우연히 만난 것이다

비둘기조롱이는 전봇대 위에서
잠시 쉬다가
다시 정지비행하며 먹이를 찾는다
나는 비둘기조롱이를 보느라
다른 일정을 접는다

멀리 아프리카까지 가서 겨울을 나고

인도와 남중국 거쳐
번식지로 가는 이 비둘기조롱이가
아무르강을 건널지 안 건널지
어디에서 짝을 만날지 나는 모른다

가만히 두근거리는 가슴 다독이며
비둘기조롱이를 만난
뜻밖의 행운에 고마워한다
세상을 살며 이렇듯 해맑게 빛나는 날이
얼마나 될까 새삼 생각한다.

팔당호 큰고니

검은 물갈퀴 발 앞으로 내밀며
고니 한 쌍이 수면에 미끄러져 내린다
날개를 앞으로 모아 바람 맞으며
마치 수상스키 즐기는 듯한 표정 짓는다

고니 한 쌍이 서로 부르며 다가와
애무하듯 목을 부비다가 함께 하트를 그린다
수컷은 날개를 활짝 펴서 힘차게 파닥거리고
암컷은 부리를 반쯤 물에 잠그며 엎드린다

고니 한 쌍이 엉덩이만 수면에 내민 채
몸은 물 속에 거꾸로 잠그고
긴 목을 늘여 줄풀의 뿌리를 뜯는다
세상에 먹고 살기 만만한 새가 어디 있으랴

머리를 깃 위에 얹고 잠자던 고니 한 쌍이
유유히 호수 가운데로 헤엄쳐 나아가더니
순간적으로 물 차며 뜀박질하다가
바람 타고 날아오른다

고니 날아간 자취 더듬으며 나는 하릴없이
바다 건너로 떠나버린 여자를 회상한다
혹시 그녀는 고니가 변해 내게 왔다가
다시 고니로 변해 날아간 것 아닐까 생각하며.

플라타나스와 멧비둘기

때로는 나의 상처가 다른 이에게는 위로가 되는 것을
본다
때로는 나의 흉터가 다른 이에게는 보금자리가 되는
것을 본다

나는 우장산 공원에 뿌리내린 플라타나스, 철봉 평행
봉 역기 등의 운동기구가 놓여 있는 언덕 위에 서 있다.
낮에는 윗몸을 일으키거나 평행봉에 오르거나 바벨을 드
는 이들을 지켜보며 시간을 보내고 밤에는 별빛 대신 도
시의 깜박이는 불빛을 구경하다가 잠들곤 한다.

나도 젊은 날에는 마음껏 활개치며 자라고 싶었다. 우
뚝 솟은 줄기에 사방으로 가지를 펼친 늠름한 모습을 원
하였으나 재앙은 늘 갑작스럽게 찾아왔다. 사다리차에
전기톱을 싣고 나타난 사람들이 가지뿐만 아니라 우듬지
까지 마구잡이로 잘라내었다. 이후 전봇대 같은 몰골의
나는 죽지 않기 위해 미친 듯이 새 가지를 내밀었고 그러
다보니 상처는 흉터가 되었다. 아무래도 흉한 몰골은 감
출 수 없었지만 조촐하게 다시 그늘도 드리우게 되었다.

어느 날 뭉툭하게 잘린 줄기의 흉터 위에 멧비둘기가 가느다란 삭정이들을 물어와 집을 지었다. 그 집 위에서 애틋하게 부리를 맞대고 사랑도 나누었다. 뽀얗게 하얀 알도 두 개 낳아 품었다. 나는 흉터를 둘러 내민 가지들의 잎을 무성하게 펼쳐 사람들의 시야를 가려주었다. 멧비둘기 어미가 가슴과 배를 밀착시켜 알 품을 때 나의 흉터에도 온기가 느껴졌다. 새끼가 알을 깨고 나와 발가락으로 흉터를 디딜 때 생의 전율 같은 것이 나의 온몸에 퍼져나갔다. 부모새들은 부지런히 벌레와 열매 물어와 새끼들을 길렀고 나는 더욱 넓게 잎을 펼쳐 따가운 햇볕을 가려주었다. 부지런히 나는 연습하던 새끼 두 마리가 무사히 떠나던 날 나는 더이상 흉터를 부끄러워하지 않기로 다짐하였다.

장릉 원앙

김포 장릉에는 원앙이 산다
오래된 숲과 못이 있어야 사는 원앙
수컷의 번식깃이 휘황하게 화사한 원앙
원앙의 노는 모습 보러 나는 간혹
장릉 숲속 못가에 앉아 있곤 한다

쿠데타로 왕위에 오른 인조
그가 이미 죽은 부모를
왕과 왕비로 만들어 모신 무덤이 장릉이지만
원앙에겐 그저 도토리가 많은 숲과
아늑한 못이 좋은 것이다

수시로 김포공항을 오가는 비행기가
굉음을 내며 지나가도 모른척하고
원앙은 나뭇가지에 앉아 쉬다가
못에 내려 유유히 헤엄치다가 자맥질하고
수면에 몸을 세워 힘껏 날개를 털기도 한다

"참 다정한 원앙 한 쌍이야"

"실제로 원앙은 천하의 바람둥이래"
지나는 사람들이 던지는 말 귓등으로 흘리며
나무에 앉고 못에서 헤엄치고 하늘을 나는
원앙의 자유로운 몸짓 눈여겨본다

원앙침 베고 잔 추억이 있는 자로서
짝을 지어 미끄러지듯 유영하다가
다정히 부리를 맞대는 모습 본다
대책없이 명나라를 받들다가
호란을 부른 인조와 그의 신하들을 생각하며.

기러기 울음소리

평양에서 남북 국가대표가 맞붙은
월드컵 축구 예선 경기가 관중도 없이
중계도 없이 치러진 소식 들은 날
휴전선 쇠울타리 넘어
한강을 건너 날아오는 기러기떼 본다

조명을 한몸에 받는 축구선수 손흥민의
다치지 않고 돌아와 다행이라는
소감이 뉴스를 장식한 날
멀리 개성 천마산이 보이는 김포의 끝자락에서
기러기떼 자욱한 울음소리 듣는다

영어로는 늘 노래한다고 하는데
우리는 왜 맨날 운다고 하나
불만이 많았던 나도
오늘은 그냥 울음소리로 듣는다
새삼 이루어내기 힘든 소망을 생각하며

뚜루루루 끼룩 끼룩

90

봄이면 새잎 돋는 북으로 날아가고
가을이면 곡식 여무는 남으로 내려오는
수백 수천의 기러기 울음소리를
평화와 상생의 합창소리로 들을 날 언제인가?

임진강 재두루미

얼어붙은 임진강에서
잠자는 재두루미들을 본다
불침번을 제외하곤
모두 깃 속에 머리를 묻고
웅크린 채 잠자는 재두루미들

이윽고 날이 밝자
목을 세우고 깃을 털고
울음소리로 간밤의 안부를 묻더니
몇 마리씩 무리에서 벗어나 자세를 잡고서는
빙판을 차고 날아오른다

잠은 떼로 모여 자고
먹이터는 가족끼리 찾는 재두루미가
시차를 두고 차례로 날아오른다
어느새 이백여 마리의 재두루미가
감쪽같이 눈앞에서 사라진다

남북의 경계를 아랑곳하지 않고

먹이터를 찾아가는 재두루미들에게
새삼 가족의 의미를 묻는다
새삼 자유의 의미를 묻는다
가족과 자유의 관계에 대해 묻는다.

참수리

겨울날 팔당댐 아래 길가에는
대포 렌즈 끼운 카메라 앞에 두고
하염없이 기다리는 사진쟁이들이 있다
강 건너 산자락 나무에 앉아 쉬는
참수리를 쌍안경으로 확인하며

두툼한 방한복에 뺨까지 가리는 털모자로
맵찬 강바람 견디면서
가끔은 짜장면도 배달시켜 먹기도 하면서
한 나절이고 두 나절이고 기다린다
참수리가 강으로 날아와
잉어나 누치 같은 물고기를
잡아채는 순간을 찍기 위해서
먹이를 찢어발기는
피 묻은 발톱과 부리를 찍기 위해서

황금빛 부리의 위용이
새 나라의 제왕이라 할 만한
참수리의 사냥 장면에 맞추어

숨죽이며 셔터를 누르는 순간

사진쟁이들은 잠시나마 온몸에 전류처럼 찌르르

사냥꾼의 피가 도는 걸 느낀다.

꾀꼬리

못 찾겠다 꾀꼬리
꾀꼬리의 금빛 노랫소리 들으면
나는 왜 호기심 이기지 못하는
술래가 되어 둥지를 찾고 싶은 걸까

우람하게 잘 자란 상수리나무
높은 가지에 매달린 밥사발 같은
풀줄기를 엮어 만든 둥지를 보고
마구 가슴이 뛴 적이 있다

나는 몰래 훔쳐본 것이지만
꾀꼬리는 날카로운 경계음을 냈고
둥지에서는 새끼 네 마리가 자라고 있었다
한껏 부리를 벌려 먹이를 받아먹고 있었다

무성한 여름숲이 꾀꼬리를 기르나?
암수 꾀꼬리는 온갖 벌레와 열매 물어와
새끼들 입속에 넣어주었고
부지런히 똥을 받아내었다

무럭무럭 새끼들은 자라
며칠을 두고 날개를 파닥거리더니
뒤뚱뒤뚱 둥지를 매단 가지를 타고 올라가
이웃 나무로 날아갔다

그렇게 네 마리의 새끼들이
앞서거니 뒤서거니 둥지를 떠났고
마지막 새끼가 떠나자
어미도 새끼도 둥지에 다시 돌아오지 않았다

꾀꼬리가 사는 숲은 풍요롭다
둥지는 찾기 어려워도
귀만 있다면 이 땅의 숲 곳곳에서
생의 찬가 같은 꾀꼬리의 노래 들을 수 있다.

4부

연령초

코로나 후유증으로
무기력감에 시달리던 봄날
부러 찾아가 만난 꽃이 있다

깊은 산
울창한 숲속
맑은 시냇가에 뿌리내린 연령초

세 장의 잎과 세 장의 꽃받침과
세 장의 꽃잎으로 산뜻하게 균형을 잡으면서
앙증맞게 꽃술을 내밀고 있었다

마치 수명을 늘려준다는
이름을 믿는다는 듯
콧속 깊이 스미는 향내를 음미하였다

잠시나마 연령초를
신화 속 숨살이꽃이라 여기며
깊은 숨을 한껏 들이마셨다.

요선암에서

겹겹이 산으로 둘러싸인
요선암 돌개구멍에 누워
주천강 여울물 소리 들으며
떠가는 뭉게구름 하염없이 바라본다

도원리 근처 무릉리에 있는
요선암은 신선을 맞이하는 너럭바위
하지만 나는 신선이나
옛사람들이 상상한 낙원
무릉도원에는 별로 마음이 가지 않는다

사진가들이 누드를 찍고 싶을 만큼
부드러운 곡선이 이리저리 벋어나간
돌개구멍에 웅크리고 누워 오래 생각하는 것은
얼마나 많은 생명들이 돌개구멍에
알을 낳아 품었을까이다

돌개구멍에 들어가 누워 있고 싶은 것은
구멍 하나하나가 마치 둥지 같아서이다

지상에 사람들이 걸어다니기 전에
대지의 여신이 만들어놓은 둥지 같아서이다.

웅녀

웅녀는 어진 왕이 될 아기를 품에 안고
태백산 동서남북의 강산을 순례하였다

길을 가다 헐벗은 땅을 보면 씨 뿌리고
허기진 새나 짐승의 새끼 만나면 젖을 먹였다

웅녀는 사람만을 위해 사람이 되지 않았다
모든 생명을 두루 품는 것이 소망이었다

웅녀가 머물며 젖을 먹인 곳에서
더욱 어여쁜 꽃 피고 튼실한 열매 맺혔다

웅녀가 강물에 들어가 몸 씻으면
젖 냄새 맡고 온갖 물고기들이 몰려들었다.

칠족령

영월 동강가 제장마을에 옻나무를 심어 가꾸던 이가 있었다. 그는 옻나무에 칼집을 내 상처에 고이는 진액을 채취하였다. 그는 칠장이였고 소중하게 모은 옻액을 걸러 옹배기에 담아두었다. 그런데 장난치며 뛰놀던 누렁이가 옹배기를 엎질러 칠액을 뒤집어썼다. 불같이 화가 난 칠장이는 부지깽이로 개를 두들겨 팼다. 졸지에 검둥이가 된 누렁이는 산으로 도망쳤다. 개의 행방이 궁금한 칠장이는 개 발자국을 따라 산에 올랐고 바위 위에 검둥개가 앉아 있었다. 칠장이가 개의 곁에 다가가 주위를 둘러보니 동강의 비경이 한눈에 들어왔다. 동강이 백운산 자락을 휘감아 흐르며 굽이굽이 세워놓은 뼝대가 하늘 아래 절경이었다. 절경을 보며 개는 슬픔을 다스렸고 칠장이는 화를 다스렸다. 이후 칠장이는 개와 함께 이곳에 자주 올랐고 해가 바뀌자 검둥이는 다시 누렁이가 되었다. 칠장이와 누렁이가 나란히 앉아 있곤 했던 자리는 훗날 칠족령이라 부르게 되었고 산 너머 문희마을로 가는 길도 그들이 처음 찾게 되었다.

주목의 환생

함백산 정암사 적멸보궁 곁에 고사한 주목 한 그루,
비록 잎은 없어도 줄기뿐만 아니라 가지도 얼추 갖춘 모
습으로 비바람 맞고 서 있었다. 원래 자장이 석가의 사
리를 모셔온 뒤 꽂아둔 지팡이였다는 전설과 다시 살아
난다는 예언이 오랜 세월 신도들의 믿음을 시험하였다.

한동안 고사목은 새들의 쉼터가 되었다. 온갖 새들이
날아와 쉬다가 똥싸고 날아가기를 되풀이하였다. 새똥
은 고사목의 텅 빈 몸통을 통과하여 떨어져 쌓였고 그
똥무더기 속에서 씨앗이 싹을 내밀었다. 뿌리를 내리고
잎을 틔우고 나니 어엿한 주목이었다. 고사목 몸통 속에
서 어린 주목은 힘껏 줄기를 밀어올리고 가지를 내밀었
다. 세월이 흘러 가지는 고사목의 몸통을 뚫고 활개 치
듯 벋어나왔고 다시 세월이 흘러 줄기는 고사목의 우듬
지 높이로 자랐다.

이제 새 주목은 옛 고사목과 한몸처럼 껴안고 있다.
산 붉은 살결이 죽은 잿빛 뼈대를 감싸고 있는 모습 신
기하게 바라보다가 문득 합장하는 불자들도 많다.

살구

살구 먹고 싶다고
누구에겐가 가만히 말하고 싶은 날 있다
뱃속에 애가 생긴 것도 아닌데
살구 먹고 풋풋해지고 싶은 날 있다

시다고 하기엔 달콤하고
달콤하다고 하기엔 신 살구
도시로 나가 학교 다니던 시절
살구 먹고 싶어 시골집에 간 적도 있다

슬슬 더워져 부채 찾을 때가 되면
무르익어 군침 삼키게 하는 살구
아무 때나 먹을 수 있는 게 아니라서
아무 때나 먹고 싶어지는 살구

나무 아래에서 살구를 따 손에 쥐면
나무로부터 귀한 선물 받은 것 같다
벗겨낼 껍질도 없어 먹기에 좋고
매끈하게 발라낸 씨는 곧바로 흙에 묻어 좋다.

쥐 이야기

누렁이가 마당 구석을 쉴새없이 발로 파내며 낑낑대던 날이 있었다. 아버지는 삽질로 도왔고 털도 안난 쥐새끼 여남은 마리가 햇볕 속으로 끌려나왔다. 누렁이는 쥐잡기 선수였고 쥐꼬리는 삽날로 잘라 학교에 숙제로 내었다. 어느 날 누렁이가 미친 듯이 울부짖으며 마당을 맴돌았다. 쥐약 먹은 쥐를 먹은 거라 했다. 이후에도 두어 번 쥐약 먹은 쥐를 먹고 개가 죽었고 그 후에는 집안에 강아지를 들이지 않았다.

신혼시절 쥐들이 출몰하는 셋방에서 산 적이 있다. 밤중에 쥐가 나오기도 하였고 쥐덫에 걸린 쥐를 치우는 게 일과가 되었다. 갑자기 불을 켜서 구석에 몰린 쥐를 쫓는 건 당연히 가장인 나의 몫이었다. 유아원에 다니던 딸은 선생님께 아빠는 '쥐 잡는 사람'이라고 하였다 한다.

달걀을 훔쳐먹는 쥐 이야기를 들은 적이 있다. 엄마 쥐가 네 발로 달걀을 안고 누우면 아빠 쥐가 꼬리를 물고 집으로 끌고 간다는 것이다. 슬그머니 달걀로 다가가 이빨로 구멍을 내서 빨아먹는 거 아니냐 했더니 아마도 새

끼들 있는 곳으로 먹이를 나르는 모양이라고 했다. 닭을
그리기 위해 닭을 기른 그의 말을 나는 고스란히 믿기로
했다.

검은어깨매가 쥐를 사냥해서 뜯어먹는 걸 본 적이 있
다. 한강 하구의 철책, 전깃줄에 앉아 털가죽을 부리로 찢
어 먹는데 쥐꼬리가 위아래로 심하게 흔들거렸다. 매는
두 발로 먹이를 움켜쥔 채 살점 하나 흘리지 않고 말끔히
먹어치웠다. 쥐의 짧은 생을 지탱했던 쥐꼬리는 먹을 수
없어 버렸다.

등칡

벌목이 금지된
오대산 계곡 천년의 숲에서
등칡을 본다

등칡은 버드나무와
거제수나무를 타고 올라가
승리의 색소폰을 불고 있다
아니 색소폰처럼 둥글게 굽은
꽃을 한창 피우고 있다

등칡은 자기가 감고 올라가
신세진 나무를 옥죄어 죽인다
등나무나 칡덩굴보다도
훨씬 거칠고 모질다
등칡이 감고 올라간 버드나무와
거제수나무는 온몸이 뒤틀린 채
신음을 뱉어내고 있다

톱과 도끼를 든

사람들이 들어오지 않은
오래된 숲의 정복자
등칡의 모습에서 생생하게
나무의 폭력성을 본다.

마포와 여의나루 사이

어기여차 어기야디여
노 젓는 소리도 없이
넘실거리는 강물도 보지 않고
마포에서 여의나루로 간다

무감각한 일상의 2분 20초
노곤한 몸을 전철 의자에 부린 채
마포역에서 여의나루역으로 간다

감각이 무뎌진다는 것
그것은 생명에 반하는 죄
나는 얼마나 습관적으로 죄를 짓고 사는 것인가

하잘것없는 볼 일이 많아
자주 이용하는 지하철 5호선
강바닥 밑 터널을 통과하는 전철 칸에서
버릇처럼 숨을 참고
몇 초나 버티나 시험한다

잠시 잠녀의 마음이 되어
전복을 찾고 문어를 찾는다
잠시 가방을 안고
숨비소리 내어본다.

꿀도둑

매화가 한창인 섬진강변에서
직박구리가 꽃을 따 꿀 먹는 걸 보며
무심코 꿀도둑이라 하니

함께 꽃구경 온 이가 웃으며
도둑이라니 말이 심하다고
매실이 너무 많이 달리지 않도록
미리 솎아주는 거라고 직박구리를 두둔하며
벌통에서 꿀을 훔치는 사람이야말로
진짜 꿀도둑이라고 한다

생계로 벌을 치는 이는 죄가 없고
목이 칼칼하면 꿀차 마시는 내가
진범이라고 자백하니
죗값 치르려면 앞으로 붓을 가지고 다니며
꽃을 볼 때마다 가루받이 하라고 한다

나도 웃으며 응답한다
꽃이 인공수분을 싫어한다고

향내까지 풍기며 꽃이 반기는 건 벌나비이지
사람의 붓질은 아니라고……

운교역 밤나무

꽃 필 때 떠나
열매 익을 때 돌아가고 싶은
그늘이 넓고 깊은 나무가 있다
평창 운교역 밤나무

꽃 피는 철이면
바람 부는 대로
한량처럼 세상 떠돌다가
단풍 드는 철이면 돌아가
다람쥐처럼 밤톨을 발겨 먹고
남은 알밤 한 주먹씩
여기저기 몰래
숨겨두고 싶은 나무가 있다

지금은 사라진 관동대로
불현듯 나타났다 사라지는
수많은 행인의 땀내 맡고
말방울 소리 듣게 되는
운교역 터

굵은 줄기가 오래된 추억처럼
사방으로 벋은 나무가 있다.

깽깽이풀

남편은 꽃 보러 산으로 가고
아내는 해금 배우러 학원에 다니는
함께와 따로가 분명한
엇갈린 취향의 노부부가 있다

손발에 힘이 빠지기 전
하고 싶은 것 마음껏 해보자고
남편은 산에 올라 꽃사진 찍고
아내는 손가락에 힘을 주어 농현을 한다

그냥 취미에 그치지 않고
남편은 멋진 사진 전시회를 꿈꾸고
아내는 무대에 올라 보란 듯이 연주를 하고 싶은
동상이몽의 염원도 있다

깽깽이는 자생지에서 만나기 힘든 꽃
봄바람에 춤을 추는 귀하고 어여쁜 꽃 보며
남편은 끊길 듯 이어지는 해금 소리 듣는다
왜 하필 이름이 깽깽이인가 생각하며

그러면서 다시 생각한다
풀꽃과 악기의 이름이 같은 이유에 대하여
잠시 잠깐인 풀꽃의 아름다움에 대하여
들으면 사라지는 해금소리에 대하여.

설중복

꽃샘 추위가 닥쳐 눈 내리는 날
눈 속에 핀 복수초 보겠다고
한 나절이나 산 속을 뒤지고 다녔다

낙엽 이불 위로 살며시 고개 내밀어
금빛 햇살 한 잔 권하던 꽃 그리며
눈이 내려 쌓이는 명지산 속을 걷고 걸었다

몇 해 전에 환하게 만났던
기억의 자리 더듬으며
혹시 복수초가 아예 사라진 것 아닐까 걱정하면서

설중복雪中福을 보면 행운이 찾아온다는
막연한 속신을 거의 믿는다는 듯이
나무뿌리에 차이고 눈길에 미끄러지면서

헤매고 헤매다가 겨우 찾아낸 꽃 한 송이
하지만 그 꽃은 추위 견디느라
입을 잔뜩 오므리고 있었다.

엄천강 수달

나는 엄천강 수달이어요
지리산 뱀사골 백무동 칠선 계곡에서
흘러내린 물이 모이는 엄천강

맑은 물에서만 사는
꺽지 갈겨니 동사리 등을 먹고 살지요
어떤 체조선수보다 부드럽게
어떤 수영선수보다 힘차게
몸을 놀려 물살을 가르지요

그런데 요즘 들어 갑자기
굴착기가 굉음 울리며 강바닥을 파헤치네요
제발 여울과 모래톱과 바윗돌을 그냥 그대로 두세요
제발 나의 가족과 친척들의
집과 밥상과 놀이터를 뒤엎지 마세요

자연이 수백만 년 조화롭게 한 일
함부로 망가뜨리는 망나니짓 그만두세요.

충주호

네가 생겨나기 위해 원죄처럼
얼마나 많은 샘과 여울을 삼켰는가
얼마나 오래된 길과 마을을 지웠는가
뻗어나간 산맥으로 둘러싸인 호수여

네가 생겨나기 전 오랜 세월의
수많은 이야기는 물속에 잠기고
이주한 아이가 늙은이가 되는 동안
너는 어떤 새로운 이야기를 만들었는가

댐의 수명이 얼마인지 알 수 없지만
앞으로 얼마나 많은 이들의 목젖을 적시고
얼마나 많은 목숨을 품어 기르면
네가 태어나면서 지은 죄 씻을 수 있을까

물 아래 잠겨 있는 강마을 느티나무와
돌담집 살구나무의 그림자 어른대고
우물가 처녀들의 웃음소리 환청으로 들려서
차마 함부로 유람선을 탈 수 없구나.

산목련이 백목련에게

너는 잎도 없이 꽃망울 터트리지
수백 수천의 꽃눈 붓끝처럼 세우고
추운 겨울을 견디면서
벼르고 벼르다가
온몸으로 봄볕을 느끼며 한꺼번에
수백 수천의 꽃망울 터트리지
사람들은 너의 환한 꽃그늘 아래 서서
마음껏 봄날을 즐기곤 하지

하지만 나는 떨군 꽃잎이
쓰레기가 되어 발길에 밟히는 게 싫어
산 속에 산다네
햇볕 가릴 만큼 가득 잎을 펼친 다음에
꽃은 한 송이씩 차례로 피운다네
사람들의 번거로운 눈길에서 벗어나
아는 이만 맡게 되는 향내는
한층 그윽하고 깊다네.

시인과 자연이 함께 쓰는 시

박혜경
(문학평론가)

1. 이야기와 노래

시인은 1984년에 발간된 첫 시집 『대꽃』에서 "노래는 심장에, 이야기는 뇌수에 박힌다"라고 노래한 바 있다. 시집을 펼치면 가장 먼저 만나게 되는 시 「노래와 이야기」의 첫 행인 이 문장은 이야기와 노래 사이에서 완만한 변화의 과정을 밟아온 최두석 시를 이해하는 하나의 열쇠가 될 수 있을 듯싶다. 이 문장에서 시인이 노래와 이야기가 박힌다고 말하는 그 대상은 시인 자신이기도 하고 시를 읽는 독자이기도 할 것이다. 이어지는 문장에서 시인은 처용의 노래와 이야기를 예로 들며 자신은 "목청을 떼어내고 남은 가사"인 노래보다는 "이야기로

하필 시를 쓰"는 시인이 될 것임을 말한다. "목청을 떼어
내고 남은 가사"란 말은 서정시의 오랜 연원을 떠올리
게 한다. 멜로디는 사라지고 멜로디의 흔적을 가진 언어
가 서정시라는 최초의 문학적 형식을 만들었다는 점에
서 말이다. 시인의 이러한 선택에는 두 가지 이유가 있
는 듯하다. 목청에는 순간의 격정이 토해 내는 힘이 실
려 있겠지만 목청을 떼어내고 남은 가사는 "베개에 떨어
뜨린 머리카락 하나 건드리지 못"할 만큼 무기력하다는
인식이 하나라면, 다른 하나는 "내 격정의 상처는 노래
에 쉬이 덧나/다스리는 처방은 이야기일 뿐"이라는 구
절에 담긴 의미다. 시인이 느끼는 무력감에는 격정은 시
인 스스로를 덧나게 할 뿐 독자들의 뇌수에 가 박히지는
못하리라는 인식이 담겨 있는 것이 아닐까? 문학을 둘러
싼 당시의 시대 의식과 맞물려 있었을 이러한 생각이 시
인으로 하여금 이야기와 리얼리즘이라는, 서정시의 연
원과는 거리가 있어 보이는 길을 자신의 시적 방법론으
로 선택하게 한 것이리라.

홍미로운 것은 이 시에서 시인이 스스로의 선택에 대
해 '하필'이라는 부사어를 붙여놓고 있다는 점이다. 이
부사어에는 이야기로 시를 쓰는 것이 불가피한 처방이
라는 의미가 담겨 있을 것이다. 이것은 격정과 무기력이
라는, 어찌 보면 상반되는 시인의 마음이 마음속의 격정
을 감춘 채 사람들의 이야기를 채록해서 독자의 뇌수에

전달하는, 보다 이성적인 관찰자의 길로 시인을 이끌었다는 뜻으로 해석된다. 첫 시집을 냈을 당시가 그 어느 때보다 격정의 언어들이 문학적 상상력을 지배했던 시대였다는 점을 감안하면 시인의 이러한 선택은 한층 무겁게 다가온다. "뇌수와 심장이 가장 긴밀히 결합되기 바란다."는 시의 마지막 문장에는 뇌수에 박힌 이야기가 다시 심장의 노래로 발화되기를 바라는 시인의 희망이 담겨 있을 것이다.

두번째 시집 『성에꽃』(문학과지성사, 1990)으로까지 이어지는 시인의 이러한 생각은 1997년에 발간된 『사람들 사이에 꽃이 필 때』에서 의미 있는 변화의 조짐을 보인다. 이 변화는 시간에 대한 시인의 인식과 관련이 있는 듯하다. 시집의 뒤표지에는 "이야기는 그늘 속에서 곰삭아/노래가 되고/노래는 아스라이 하늘로 스러지며/이야기를 부른다."라는 문장이 실려 있다. 여기서 "곰삭아" "아스라이" "스러지며" 등의 어휘들에는 시간의 흐름이 담겨 있다. 시인은 이제 이야기와 노래의 관계를 시간이라는 관점에서 바라보는 것이다. 노래에 담긴 순간의 격정이 아닌, 그늘에서 곰삭은 이야기가 노래가 되고 노래가 스러진 자리에서 또 다른 이야기가 생겨나는 노래와 이야기의 긴 순환에 대한 인식은 시인으로 하여금 시간의 힘을 생각게 하고 사라지는 듯 되돌아오며 또 다른 이야기들을 만들어내는 노래의 힘을 떠올리게 한다. 시인의 시에 서정시의 형식을 불러오는 이 변화는 아마도 격정의 나이를 지나 불혹의 나이에 이른 시인이 자신의 지나온 삶을 되돌아보며 겪게 되는 내면의 문제와도 무관치 않을 듯싶다. 시집에는 시인이 불혹의 나이를 언급하며 "심히 부끄러워하"(「경포에서」)거나, 탑에 어린 전설을 되새기며 "마음속 욕망의 불 바라"(「남매탑 앞에서」)보거나, 배롱나무를 바라보며 "꽃다운 꽃 한 번 피우지 못한/궂은 생애의 사내"(「불혹의 소나무」)를 생각하는 회한과 성찰의 시들이 적지 않은 것이다.

특정 인물의 이름을 제목으로 정해 그의 사연을 짧게 요약해서 들려주는 최두석 특유의 이야기시 형태는 이 시집에도 남아 있다. 「금정굴」「얼음새꽃」「정방폭포」 「고온리 홰나무」 등, 자연에서 가져온 이름들을 제목으로 삼고 있는 시들에서도 시인은 역사나 시대의 폭력에 짓밟힌 사람들의 비애 어린 삶의 내력들을 들려준다. 그러나 이 시집에서 나타나는 변화 또한 주목하지 않을 수 없다. 눈에 띄는 변화는 초기 시들에 비해 시에 담긴 시인의 정서적 밀도가 상당히 높아졌다는 점이다. 이야기를 담고 있는 시들도 정서의 개입을 자제하고 객관적인 서술 태도를 유지하던 이전 시들과 달리, 이야기를 받아들이는 시인의 내적 발성을 비교적 적극적으로 드러낸다. 시인이 스스로의 내면을 자연물에 투사하는 시가 많아졌다는 점 또한 주목할 변화다. 이 시기의 시에는 대체로 자연물 자체보다 그것에 투사된 시인의 내적 정서가 독자에게 더 짙게 전달돼온다. 자연물에 시인의 내면을 투사하는 것은 기실 서정시의 오래된 어법이 아닌가?

이 시집에 나타나는 자연의 물상들은 대개 시인이 국토 여기저기에 흩어진 고통스러운 역사의 흔적들을 찾아나서는 행위나 세속의 현실로부터 멀리 떨어진 자연의 물상들에 들끓는 자신의 내면을 비춰보는 행위를 수반한다. 시인을 사로잡고 있는 마음의 격정이 자연을 끌어당기는 인력으로 작용하고 있다는 느낌을 주는 것이다. 그 때문에 시대의 이야기든 시인의 내면이든 이 시집에서 자연은 시인이 뭔가를 말하기 위한 배경으로 쓰이고 있다는 인상을 준다. 그러나 『꽃에게 길을 묻는다』(문학과지성사, 2003) 이후부터는 자연의 물상들에 역사의 폭력이나 시인의 어두운 마음의 격정을 투영하는 시들이 매우 드물어진다. 대신 자연을 바라보는 애틋한 시선과 자연과의 삶을 기꺼워하는 시들이 점차 최두석 시의 주류로 자리 잡는다. 내면의 밀도가 옅어지면서 자연에 대한 비유적 사용이 줄고 시들이 점차 자연 자체의 온전한 발견을 향해 나아가는 모습을 보이기 시작하는 것이다. 『숨살이꽃』(문학과지성사, 2018)에 실린 「시인」이라는 시는 이 변화를 이끈 시인의 인식을 엿볼 수 있는 흥미로운 시다.

우리 몸 어디에 생채기가 나도
피가 스며나온다는 것은 얼마나 놀라운 일인가
어디나 몸속에는 실핏줄이 통하고 있다

세상의 물길과 말길과 숨길은
몸속 핏줄과 통하고 있다
그래서 살아 숨쉴 수 있다

시인이란 자신의 말길을 열어
세상의 물길과 숨길과
은밀히 소통하는 자이다

——「시인」 부분

　이 시는 최두석 시로서는 드물게 시인의 역할에 대한
명료한 생각을 드러낸다. 시인은 인간의 몸 어디나 흘러
다니는 실핏줄을 생각하며 인간과 세상을 잇는 놀라운
생명의 길을 발견한다. 그러면서 시인이란 자신의 말길
을 열어 살아 있는 세상의 존재들과 소통하는 자라고 말
한다. 이러한 인식은 시인의 말, 물, 숨을 '길'이라는 하
나의 연결고리로 묶는다. 인간의 말을 자연과 연결 짓
는 이 '길'은 시인이 자연 속에서 찾은 시의 새로운 길이
기도 하다. 자연으로 난 이 길은 또한 "오랜 세월 사람과
함께 숨쉬며 살아"(「동구나무」)온 시간의 길이자 시인이

"격정으로 출렁이는 파도보다/바위의 침묵을 그"(「어떤 시인」)리는 마음의 길이기도 하다. 인간과 자연을 잇는 이 길에서 시인의 노래는 격정이 아닌 순정, 욕망이 아닌 비움의 상태를 향해간다. 『두루미의 잠』은 시인이 만난 순정한 자연의 세계를 군더더기 없이 깨끗한 언어들로 그려내고 있는 시집이다.

2. 자연을 기다리는 시

지금까지 시인의 이전 시들을 다소 길다 싶을 만큼 살펴본 것은 시인의 시 세계가 어떻게 변해왔는지를 살피는 것이 이번 시집의 위치와 의미를 이해하는 데 도움이 되리라는 판단 때문이었다. 이번 시집이 『꽃에게 길을 묻는다』나 『투구꽃』(창비, 2009) 『숨살이꽃』 등, 변화 이후의 시집들에서 나타나는 양상과 다른 모습을 보인다고 말하긴 어려울 듯하다. 오히려 이번 시집은 이전 시집들이 보여주었던 변화의 연장선에 있다. 『두루미의 잠』에서 시인은 여전히 훼손되지 않은 야생의 자연을 노래하고 자연의 생태를 관찰하는 시들을 선보이고 있다. 시의 제목이 대부분 식물이나 동물, 곤충 같은 자연 생물들의 이름으로 이루어져 있다는 것 역시 이전 시집들과 다르지 않다. 다른 것이 있다면 제목을 구성하는 생물들의 목록이 좀더 풍성해졌다는 정도랄까? 그러나 이 시집에서는 마치 생물도감을 연상케 할 정도로 시인이 야생에서 만난 동식물과 곤충들의 모습이나 생태 묘사에 좀 더 공을 들이고 있는 듯하다는 점은 지적되어야 할 듯하다. 시인의 정서적이거나 관념적 반응이 줄고 자연 자체에 집중하려는 태도가 더 도드라져 보이는 것은 이 시집이 보여주는 작은 변화라 할 만하다.

물론 이 시집에도 자연을 통해 자신의 삶을 돌아보는 시인의 마음은 여전히 존재한다. 그러나 시집에서 보다 눈에 띄는 정서는 "새잎 돋는 나뭇가지에 앉아/휘파람새 우네/이별도 우중충하지 않게/슬픔도 영롱하게 다스려야 한다는 듯이"(「휘파람새」) 같은 구절이 말해주듯, 마음을 짓누르는 슬픔과 이별을 다스려 자연에서 힘과 즐거움을 얻으려는 마음이다. 시에 드리운 마음의 밀도가 옅어진 탓인지 자연을 향해 열린 시의 시야는 좀더 선명해진 느낌이다. 이것은 아마도 '시인의 말'에서 시인이 "요즘 나의 시간은 주로 야생으로 살아가는 생명들을 만나는 데 쓰이고 있다"며 "그들의 숨결과 맥박이 시의 호흡 속으로 나도 몰래 스며들기를 기원한다"라고 말하는 것과도 무관치 않을 것이다. 시인은 자연에 자신의 감정을 투사하는 대신 자연의 숨결이 시의 호흡으로 스며들기를 바라고 있다. "나도 몰래"라는 것은 그것이 인위가 아닌 시에서 일어나는 자연스러운 변화이기를 바라는 마음의 표현일 것이다. 그 마음을 시인은 "꽃이 피어 향내로 나를 부를 때/기꺼이 꽃에게 다가가리"라거나 "새가 울어 소리로 나를 부를 때/기꺼이 새와 눈 맞추리"라는 말로 표현한다. 자연의 부름에 응답하는 마음과 인위로부터 멀어지려는 마음은 같은 마음일 것이다. 시인이 자연을 바라보며 "부러 새삼스럽게/더 즐거운 일 찾지 않으리/더 긴한 일 만들지 않으리"(「따사로운 봄날」)라고 말하는 구절에도 그러한 마음이 담겨 있다. 「새를 본다」에서 시인은 자연을 대하는 시인의 자세를 다음과 같이 표현한다.

가까이할 수도 어루만질 수도 없는
새를 본다는 것은
새와의 거리를 확인하는 것

새를 쫓아다니는 게 아니라
새의 습성과 영역을 알아
길목에서 미리 기다리는 것

[……]

새가 경계하지 않고
마음껏 춤추고 짝짓기 하게

인기척을 죽이는 것

──「새를 본다」 부분

이 시에서 시인은 새를 쫓아다니는 대신 새와의 거리
를 확인하고 인기척을 죽인다. 새를 만나기 위해 시인
이 하는 일은 새의 생태에 관한 사전 지식을 알아가는
것 정도다. 최두석의 자연시들은 많은 경우 야생의 자연
을 찾아나서는 시인의 행위와 짝을 이루고 있다. 자연이
라는 말이 지닌 '스스로 그런' 상태에 가까워지려는, 혹
은 자신의 시가 그런 상태에 놓이기를 원하는 시인의 마
음은 역설적으로 야생의 자연을 찾아가거나 야생의 자
연이 자신에게 모습을 드러내주기를 기다리는 적극적인
인위적 행위를 수반한다. 시집에는 "코로나 후유증으로/
무기력감에 시달리던 봄날/부러 찾아가 만난 꽃이 있
다"(「연령초」)거나 "눈 속에 핀 복수초 보겠다고/한 나절
이나 산 속을 뒤지고 다녔다"(「설중복」) "찾는 것 포기하
고 무작정/길목에 앉아 기다린다"(「먹황새」) 등과 같이
'부러' 꽃을 보러가거나 새들이 나타나길 기다리는 시인
의 행위와 함께 시작되는 시가 적지 않다. 예나 지금이
나 최두석의 시는 밭과의 협업을 통해 만들어지는 것이
다. 달라진 것이 있다면 시인이 찾는 대상이 사람이 아
닌 자연이며 그 협업의 결과가 이야기보다는 노래의 양
식을 통해 구현되고 있다는 점이다. 멀리 있는 자연을

찾아가는 인위적 수고로움 끝에서 시인이 하는 것은 자연을 멀찍이 떨어져 바라보는 것이다. 시인은 자연 앞에서 인기척을 죽이며 자연이 스스로 나타나길, 자연의 숨결이 자신의 삶과 시에 저절로 와 닿기를 기다린다. 자연 앞에 자신을 낮추는, 얼핏 수동적으로 보이는 이 기다림은 그러나 인간을 자연보다 우위에 두어온 세계에서 얼마나 능동적인 행위인가? 시인의 기다림은 자연의 항상성 앞에 욕망과 회한으로 출렁이는 마음을 내려놓는 의식의 수련을 수반한다. 인간의 삶에서 멀어진 야생의 자연을 부러 보러가는 시인의 행위는 이미 그 자체로 최두석 시의 일부를 이루는 것이다. 시인과 자연이 함께 쓰는 시, 그것이 최두석의 시다. 최두석의 시는 씌어지기 전에 이미 시작되는 것이다.

앞서 최두석 시의 변화에 대해 언급했지만, 사실 최두석의 시를 읽다 보면 변화의 느낌 못지않게 변하지 않는 시인의 마음들이 잡혀오는 경우가 많다. 특히 자연에 대한 정서적 친연성은 농경 사회적 정서와 더불어 시인의 초기 시에서부터 일관되게 나타나는 특징이다. 최두석의 이야기시가 시대의 폭력에 의해 개인의 삶과 그 삶의 터전이 파괴되어가는 시대의 현실을 들려줄 때도 그 이면에는 인간과 자연이 조화롭게 공존했던 시절에 대한 시인의 그리움이 담겨 있었다. 시인이 보여주는 변화는 시인의 성정은 그대로인데 나이에 따른 자연스러운 변화가 시에 반영된 결과라고 해야 하지 않을까? 그런 점에서 최두석 시의 완만한 변화는 항상성 속에서 서서히 변화해가는 자연의 모습을 닮은 듯 보이기도 한다. 그렇다면 그의 시에서 지속적으로 나타나는 시인의 마음, 혹은 삶의 자세란 무엇일까? 우리는 그것을 도회적 삶이 요구하는 인위의 가치들로부터 거리를 둔 어떤 순정의 마음이라고 해야 할 것이다. 최두석 시가 보여주는 특유의 순정성은 시인이 유년기를 보낸 농경 세계의 기억들로부터 연원하는 것으로 보인다. 초기 시에서 역사의 폭력과 시대의 변화에 의해 파괴되어가는 농경적 삶에 대한 시인의 의식은 뚜렷한 비애의 색채를 띠고 있었다. 비애의 색채는 옅어졌지만 유년기에 형성된 농경적 정서는 시의 무대가 야생의 자연으로 옮겨진 후에도 정서적 원형질처럼 그의 시를 떠받치고 있다.

『두루미의 잠』에서 자연을 거스르는 인위에 대한 거부는 "나도 웃으며 응답한다/꽃이 인공수분을 싫어한다고/향내까지 풍기며 꽃이 반기는 건 벌나비이지/사람의 붓질은 아니라고……"(「꿀도둑」)와 같은 직접적 발화의 형태로 나타나기도 하지만, 대개는 자연에서 얻은 삶의 지혜를 말하거나 인위의 개입에 의해 사라지거나 훼손되어가는 자연을 안타까워하는 시인의 태도로 나타난다. 저어새 둥지를 바라보며 "지상에 마음대로 다리 뻗을 방 한 칸이/참으로 귀하게 느껴진다"(「저어새」)거나 수만 마리 도요새와 물떼새의 울음소리를 "서로 다르게 진화한 부리로 연주하는"(「유부도」) 아름다운 합주로 표현하는 것이 전자의 경우라면, "예전에는 농촌에 흔하여/김매다 알을 꺼내먹기도 하였으나/이제는 보기 어려워진 뜸부기/뜸부기야, 어디 숨었니?"(「뜸부기」)나 "그런데 요즘 들어 갑자기/굴착기가 굉음 울리며 강바닥을 파헤치네요/제발 여울과 모래톱과 바윗돌을 그냥 그대로 두세요/[……]/자연이 수백만 년 조화롭게 한 일/함부로 망가뜨리는 망나니짓 그만두세요."(「엄천강 수달」)의 경우는 후자에 속한다. 최두석의 시에서 인간이 밀어낸 자연은 결국 인간에 대한 성찰과 물음으로 되돌아오는 것이다.

3. 자연, 연결과 재생의 시간

최두석의 시는 단순하고 명료하다. 인위를 배격하고 자연을 닮아가려는 시인의 언어는 현란한 기교나 수사적 표현은 물론, 자연에 자신의 내면을 투사하던 시절의 정서적 수사마저 버리고 더 단순하고 담백해진다. 자연을 대할 때 나타나는 수사적 표현은 대개 "어여쁜" "싱그러운" "간절한" "경쾌하게" 등과 같이, 자연과의 첫 대면에서 저절로 튀어나올 듯한 단순한 어휘들로 제한돼 있다. 자연의 생태를 관찰하는 시답게 형용사보다는 동사적 표현이 많고 형용사의 사용도 시인의 느낌을 전달하기보다는 "가볍게" "세차게" 등과 같이 대상의 상태를 표현하는 데 충실하려는 경향을 보인다.

물론 그렇다고 해서 시인이 자연의 생태적 표현에만 힘을 쏟고 있는 것은 아니다. 시인이 보여주는 자연에는 야생의 자연뿐만 아니라 자연과 어우러진 인간의 삶이 있고 이야기가 있고 자연이 가져다주는 상상의 시간이 있다. 이를테면 다음과 같은 시에서처럼 말이다.

헤아릴 수 없는 나이지만 늙을 줄 모르는
구례 산동 할머니산수유나무
세상에 봄소식은 내가 알린다는 듯
백만 송이 꽃 한꺼번에 피우고 있는 나무

갓 병근 꽃송이에 날아와 안기는 꿀벌들
닝닝거리는 소리 듣다 보니 문득
까마득한 옛날로 돌아간 것 같고
돌담가에서 어떤 가슴 부푼 처녀가 웃는 것 같고
그 처녀는 산수유 바르느라 이가 붉은데
그 홍니가 시집 가서 낳은 따님 가운데
내 먼 윗대 할머니가 있는 것 같고

그 할머니의 따님의 따님의 따님이

대를 이어 집안에 봄을 불러온 분들인데

그 모계의 어머니들이

젖먹이를 안고 산수유나무 아래 둘러서서

함께 입을 모아 축원하는 소리 듣는다

부디 봄을 밝고 싱싱하게

두근거리는 가슴으로 맞이하게 해 주시라고.

           —「할머니산수유나무 아래에서」부분

    구례 산동의 산수유나무를 찾아간 시인은 그 나무 아래서 꿈을 꾼다. 시인이 찾아간 마을의 오래된 산수유나무는 시인의 상상력 속에서 인간과 더불어 풍요로운 생명의 시간을 만들어온 대지모신의 이미지로 아름답게 극화된다. 여기서 '극화'라는 표현을 사용한 것은 시를 읽을 때 산수유열매로 이가 붉게 물든 처녀들의 모습과 젖먹이를 안고 나무 아래서 입을 모아 축원하는 따님들의 목소리가 생생히 보고 들리는 듯한 느낌이 들어서다. 「웅녀」또한 자연에 대지모신의 이미지를 부여한 시다. 이 시에서 웅녀는 "길을 가다 헐벗은 땅을 보면 씨 뿌리고/허기진 새나 짐승의 새끼 만나면 젖을 먹"이는 존재다. 웅녀가 머물러 젖을 먹인 곳이나 웅녀가 들어가 몸을 씻은 강물에서는 "더욱 어여쁜 꽃 피고 튼실한 열매 맺"히며, "젖 냄새 맡고 온갖 물고기들이"모여든다. "웅녀는 사람만을 위해 사람이 되지 않았다/모든 생명을 두루 품는 것이 소망이었다"라는 문장은, 앞서 「시인」에서 보았던 것과 유사한, 자연과 인간의 거리를 없애고 모든 생명을 하나의 연결 속에서 바라보려는 시인의 자연관을 드러낸다.

이 시집에는 시인이 자연의 생명체들을 생태적으로 연결된 관계 속에서 바라보는 시들이 다수 실려 있다. 「노루귀와 빌로오드재니등에」「백로와 숭어」「마름과 흰뺨검둥오리」처럼 제목에서부터 두 개의 생명체를 짝지우는 시들은 물론, 벌들이 꽃의 꿀이나 꽃가루를 먹고 뿔논병아리들이 사랑의 행위를 나누며 검독수리가 고라니 새끼를 잡아 먹고 장다리물떼새가 망둥이를 통째로 입안에 욱여 넣는 모습도 시인이 즐겨 다루는 관찰의 대상들이다. 이러한 연결 관계 속에서 시인이 특히 관심을 갖는 것은 먹는다는 것이 갖는 의미다. 「독수리」에서 독수리가 고라니를 잡아먹는 행위를 "검은 사제복 입은 신부처럼/엄숙하고 꼼꼼하게 지상의 장례를 집행"하는 모습으로 표현하던 시인은 사람에게 영혼이 있다면 고라니와 독수리에게도 영혼이 있을 것이라 상상한다. "먹지 않고 사는 새가 어디 있으랴/모름지기 생명력이 솟구치는 장다리물떼새라야/갈대밭 위를 아름답게 날 수 있다(「장다리물떼새」)거나, 수리부엉이의 먹이가 되는 멧비둘기에 대해 "죽음이 늘/멧비둘기의 삶을 단련하고 있다."(「공릉천 멧비둘기」)고 말하고, 저어새의 기다란 부리를 보며 "먹고사는 일의 엄연함에/새삼 입술을 깨물게 된다"(「저어새」)고 하는 것 모두 먹는 행위에 대한 시인의 생각을 들려준다. 시인은 『숨살이꽃』에서도 자연의 생태계를 구성하는 먹이사슬의 최정점에 있는 인간의 먹는 행위를 언급하며 '먹고사는 일의 엄연함'에 대해 말한 바가 있다. 시집의 뒤표지 글에서 "동물이건 식물이건 다른 생명의 몸을 취해야 사는, 먹고사는 일의 엄연함에 새삼 전율하였다"라고 말하는 시인은, 시집에 실린 「술배소리」라는 시에서 "멸치와 갈치야 날 살려라/너는 죽고 나는 살자"라는 가거도 어부들의 고기 잡는 소리를 밥상머리 환청으로 들으며 "먹고사는 일이 더욱 생생하게 소중해"졌던 경험을 들려준다. 어부들의 노래가 모든 생물들이 서로에게 자신의 몸을 내주며 거대한 생명의 사슬을 만들어가는 자연의 이치를 시인에게 새삼 일깨우는 것이다.

『두루미의 잠』에는 모든 생명을 두루 품어 안는 자연의 모습을 특유의 서사적 기법으로 서술한 시들도 실려 있다. 「플라타나스와 멧비둘기」는 자연의 그 모습을 고통에서 치유에 이르는 아름다운 과정으로 표현한다. 우장산 공원의 플라타나스가 시의 화자로 등장하는 이 시는 인간에 의해 훼손된 자연이 어떻게 다른 자연을 품어 안으며 스스로를 복원해가는지를 이야기 형식으로 풀어낸다. 자연은 스스로 이야기를 만들지 않으므로 자연에 이야기를 부여하는 것은 인간이 가진 상상의 일이다. 이 시집에서 시인이 들려주는 자연의 이야기들은 시인이 상상한 것이기도 하고, 특정 지역에서 전설처럼 전해내려오는 것이기도 하다. 흥미로운 것은 시인이 인간이 아닌 자연을 이야기의 주인공으로 호명함으로써 이야기에 새로운 능동성을 부여하고 있다는 점이다. 시인이 들려주는 이야기들 속에서 자연은 재생과 생의 연결이라는 역할을 부여받고 있다. 인간에 의해 "가지뿐만 아니라 우듬지까지 마구잡이로 잘"려나간 플라타너스가 "미친 듯이 새 가지를 내밀"고 그 후 멧비둘기가 그 가지에 둥지를 틀어 새끼들을 품고 새끼들이 다 자라 날아가기까지의 이야기를 들려주는 「플라타너스와 멧비둘기」, "함백산 정암사 적멸보궁 곁에 고사한 주목 한 그루"가 한동안 새들의 쉼터가 되다가 "고사목 몸통 속에서" 힘껏 줄기를 밀어올린 어린 주목과 함께 "새 주목은 옛 고사목과 한몸처럼 껴안고 있"게 된 사연을 말하는 「주목의 환생」, "옛적에 정수사의 스님을 찾아온 여인"과 그 여인의 아기가 "어느 날 갯벌에 물때 모르고 나갔다 밀물에 휩쓸려 죽"은 후 그 자리에서 솟아났다는 각시바위가 저어새의 새로운 둥지가 된 이야기를 들려주는 「각시바위」 등은 모두 자연이 이야기의 주인공인 시들이다. 초기 시에서 망가진 한 개인의 삶을 통해 파괴되고 훼손되

어가는 집단적 삶의 기억들을 불러내던 이야기 양식은
이들 시에서 자연을 서사의 주인공으로 호명하며 치유
와 재생의 이야기로 다시 태어난다. 다음 시에서 시인은
영월 동강가에서 채록한 인간을 변화시키는 자연의 이
야기를 들려준다.

영월 동강가 제장마을에 옻나무를 심어 가꾸던 이가 있
었다. 그는 옻나무에 칼집을 내 상처에 고이는 진액을 채
취하였다. 그는 칠장이였고 소중하게 모은 옻액을 걸러 옹
배기에 담아두었다. 그런데 장난치며 뛰놀던 누렁이가 옹
배기를 엎질러 칠액을 뒤집어썼다. 불같이 화가 난 칠장이
는 부지깽이로 개를 두들겨 팼다. 졸지에 검둥이가 된 누
렁이는 산으로 도망쳤다. 개의 행방이 궁금한 칠장이는 개
발자국을 따라 산에 올랐고 바위 위에 검둥개가 앉아 있
었다. 칠장이가 개의 곁에 다가가 주위를 둘러보니 동강의
비경이 한눈에 들어왔다. 동강이 백운산 자락을 휘감아 흐
르며 굽이굽이 세워놓은 뼝대가 하늘 아래 절경이었다. 절
경을 보며 개는 슬픔을 다스렸고 칠장이는 화를 다스렸다.
　　　　　　　　　　　　　　　　　　　　　　—「칠족령」 부분

자연의 뛰어난 아름다움은 예로부터 이야기를 향한
인간의 욕망을 불렀다. 동강의 절경과 어우러진 설화는
입에서 입으로 전해져 시인의 귀에까지 이르렀을 것이

다. 이 이야기에서 칠장이였던 한 사내의 불같은 화를 부른 것은 그의 욕망이다. 이야기가 들려주는 것은 칠장이의 불같은 화와 개의 슬픔이 문득 그들 앞에 모습을 드러낸 자연의 아름다움에 의해 다스려지는 과정이다. 시인은 시의 뒷부분에서 그들이 "나란히 앉아 있곤 했던 자리는 훗날 칠족령이라" 불리게 되었다고 말한다. 여기서 '앉아 있곤 했다'는 것은 다스리는 행위가 일회성이 아닌 시간의 긴 흐름 속에서 이루어진 것임을 말해준다. 자연이 주인공인 이야기들이 공통적으로 품고 있는 것은 시간의 흐름이다. 자연 속에서 이루어지는 치유와 다스림은 인간의 세계가 품고 있는 인위의 시간과 다른 속도로 흐르는 시간 속에서 가능한 일인 것이다.

시인이 자연과의 연결 속에서 발견한 생의 지혜, 그것은 이전에 시인이 말했던 "이야기는 그늘 속에서 곰삭아 노래가 되고 노래는 아스라이 하늘로 스러지며 이야기를 부른다"는 말을 다시 생각게 한다. 전설이란 무엇인가? 그것은 시간의 그늘 속에서 곰삭은 이야기들이 아닌가? 개개인들의 욕망과 회한들이 모아져 오랜 세월 곰삭은 이야기가 되고 그 이야기는 노래가 되어 아스라이 하늘로 스러지는 자연의 일부가 된다. 사람들의 입에서 입으로 전해진 이야기들이 노래처럼 흘러 그곳을 지나는 시인의 귀에 닿고 시인은 그것을 인간과 자연을 잇는 새로운 재생의 서사로 만들어낸다. 이 충만한 연결이야말

로 우리가 최두석의 시에서 만나게 되는 진정 아름다운
자연의 모습일지도 모르겠다는 생각이 든다.